张莹 樊诗颖 著

本书由上海文化发展基金会图书出版专项基金资助出版

行走中的阅读

城市慢行记

上海交通大学出版社
SHANGHAI JIAO TONG UNIVERSITY PRESS

内容简介

本书是一部探索城市空间、阅读城市底色的大众读物。作者以其负责的"微阅读·行走"项目为基础，将城市行走活动中的点点滴滴手写成文，汇编成书。有三千多片茶叶收藏的茶书房，情牵三代人的温馨"柠檬攀"，会为流浪猫狗寻找主人的酒吧，做过游轮摄影师的咖啡馆店主，玄武湖畔"流浪"的诗歌书店……在作者笔下，人与空间自然而然地融为一体，共同构成城市的脉动。

全书按地域分为八个部分，涉及城市中各式各样的人与事、情与景，书后附有相应的文化地图，读者可以按图索骥，在探索中享受"阅读"城市的乐趣，进行一场别开生面的海派文化之旅。

图书在版编目（CIP）数据

行走中的阅读：城市慢行记 / 张莹，樊诗颖著. —
上海：上海交通大学出版社，2021
ISBN 978-7-313-24737-7

Ⅰ.①行… Ⅱ.①张… ②樊… Ⅲ.①随笔—作品集
—中国—当代 Ⅳ.①I267.1

中国版本图书馆CIP数据核字（2021）第014002号

行走中的阅读——城市慢行记
XINGZOUZHONG DE YUEDU——CHENGSHI MANXINGJI

著　　者：张　莹　樊诗颖
出版发行：上海交通大学出版社　　　　　　　　地　　址：上海市番禺路951号
邮政编码：200030　　　　　　　　　　　　　电　　话：021-64071208
印　　制：上海天地海设计印刷有限公司　　　　经　　销：全国新华书店
开　　本：880mm×1230mm　1/32　　　　　　印　　张：7.875
字　　数：140千字
版　　次：2021年4月第1版　　　　　　　　　印　　次：2021年12月第2次印刷
书　　号：ISBN 978-7-313-24737-7
定　　价：68.00元

序一
让图书馆参与城市文化流动

初识张莹,是在2016岁末。她加我微信,说是出版社和她的同事兼我的诗友分别推荐的,邀我去上海图书馆讲一讲上一年(2015年)出版的拙著《上海记忆》。她在上海图书馆读者服务中心新媒体部工作,负责一个线上线下联动的项目"微阅读·行走"。

由于工作中太久未遇上海人、讲上海话了,听到电话里夹杂在标准普通话中的上海话,我备感亲切。随后,为讲座事宜见面细聊,我发现这个"80后"姑娘对生于斯长于斯的上海特别有感情,尤其爱探究这座城市的过往。

年轻人喜欢历史,无论对个人成长还是城市发展,都是大有裨益的。我一向以为缺乏历史感,不懂得我们从哪里来,人会浅陋,城则轻薄,便会无所依凭,茫然于我们该往何处去。

合作过多次,和张莹成了可以说说私房话的忘年交。从她的朋友圈或私聊中,我见证着"微阅读·行走"一步步走到了今天。

这个项目从无到有,利用图书馆丰富的馆藏资源,引导读者线上读书,约请作者(作家、研究者)线下交流图书背后的故事以及价值观,然后实地考察历史遗存,真正实现知识共享。时光在书香中消逝,四年后,行走中的阅读积累起海派人文、非遗与文化传承和另一种"阅读"三个不同的方向。阅读石库门系列丛书、犹太难民与上海丛书、海派文化地图丛书、上海三部曲、敦煌系列丛书,漫步武康路、老城厢、犹太难民纪念馆、上海交通大学、复旦大学、外滩,探究江南园林、民俗、敦煌、昆曲,打通横亘在图书与美术馆、艺术馆、博物馆、名人故居、少年宫、剧院、名校之间的壁垒……双休日的一场场互动,年复一年,"微阅读·行走"实现着图书馆阅读推广中的价值——依托上海图书馆的电子书在线阅读平台,使得人、书与空间三者有机结合,产生一种更为立体的阅读环境与双向交流的模式。在这里,人不仅是知识的分享者与接受者,也是知识和信息的传播者与推动者;图书馆的资源,通过人与技术和空间,实现良性的循环。

让图书馆参与城市文化流动,张莹和她的小伙伴们做到了。

在满世界寻觅主讲者、主持讲座和行走的忙碌之余,张莹有心记录着过眼的种种风景和感悟。

我原先低估了她的自律和恒心,想当然地把这种记录视作年轻人为时尚而打卡地标,发发朋友圈,新鲜感一过就没有然后了。

　　然而,我却拿到了这叠书稿。翻看目录,感觉上海的角角落落都被她打了一遍卡。读这些年轻、鲜活的文字,读者想象得到如下这个细节么——

　　多次收到她寄来的手写明信片,我还以为,她只是明信片用手写,以表达一份专属的心意。不料,她拍照传给我看的一篇篇文章,也都是手写的。

　　"为什么手写啊?"告别纸笔近廿年的我,已无法理解没有键盘怎能做到下笔如有神。

　　"电脑打字没有感觉,手写踏实。"她如实道来。

　　那一瞬间,我几乎忘了她是在我大学毕业那年才出生的。

中国作家协会会员

上海作家协会理事

高级记者

潘　真

序二

　　张莹女史，生于书香之家而习体育新闻专业，又负责上海图书馆"微阅读·行走"项目。其为人开朗有古风；其做事干练有作为；其行文温婉有思考。积五年之功而成就一部书稿，是读书人的心事记录，也是爱书人的行走笔记，更是守书人的思想火花。五年来，通过"微阅读·行走"项目和上海图书馆的读者一起行走于这座城市和"书"有关的地标，张莹留住了点点滴滴的感动，还用最传统的钢笔和笔记本写下了这部书稿，在当今社会，这是极其难得的。作为"微阅读·行走"的嘉宾，值此书稿付梓之际，向张莹表示祝贺。希望她的项目和她的作品越来越好。同时也衷心地期待她的手稿出版成书。

五星体育首席编辑

周力工作室制作人

公众号"老周望野眼"运营者

周　力

序三

　　这本小书源自一个文化活动。张莹女士从2015年起，精心策划组织了21场行走活动，带领读者从图书内容出发，领略城市的魅力。她记录下数年行走活动的精华片段，加上她对城市微空间独到细腻的观察，融合成这本文字灵动的小书。她对上海这座城市的研究与热爱，流露在字里行间，读来仿佛在参加一场由她带领的海派人文行走活动。

《上海日报》城市和建筑历史专栏作家
上海市建筑学会历史建筑保护专业委员会副秘书长
复旦大学新闻学院国际传播硕士专业特聘导师
乔争月

序四

　　很荣幸能为张莹女士此书作序。我在过去几年不时地听到张莹女士分享她对上海这座城市的观察与研究，如同她本人优雅的气质与品位，她以个人观点重新诠释上海独特的历史、社会价值、人文记忆等并集结成此书。其中主要的原因，不仅是张莹女士作为上海本地人，对于生活周遭事物有着敏锐的观察力和洞悉力；还包括她多年在上海图书馆的工作历练，促成她饱读诗书满腹经纶，具有文学与美学的鉴赏力；还有她对上海那强大的责任感与细腻的情感，让她的文字展现温度、深度和力度。

　　此书是张莹女士花费了数年时间，透过八个章节重释上海城市的成果。每个章节以不同的角度呈现不同区块的地图，并结合生动的文字，带领读者体会不同的场景所特有的记忆感知。每篇文章的标题，如阁楼上的那只橘猫、理想的阳光院子、隐藏在闹市的伊甸园、女孩和巴尼熊的故事等,都以抑扬顿挫的"韵律"给读者带来丰富的遐想,并塑造活泼有趣的阅读感受。有趣的是,从这些生动的标题可看出张莹女士在文字中以人、事、物来对应空间、建筑、城市,让读者在阅读中产生一种场景归属感,并结合时间、声音、气味等方式,描绘空间与时光的流动,进而完善视觉、听觉和嗅觉等感知体验。

这本书适合社会大众探究上海这座城市,那精彩又回味无穷的细节;同时也适合建筑与设计领域的专业人士,以另一种观点理解我们所生长的土地。当我们读完此书,再次回到书本的第一个章节时,仍可感受作者对文字和空间的细腻把握。此书对各个场景的描写,也促使我迫不及待地再次拜访,并期待着下一次的惊喜与感动。

中泰建筑研究室创始人

泰国暹罗建筑师协会会员

同济大学特聘设计导师

洪人杰

前言

　　2015年12月12日开始，我接手了一个项目："微阅读·行走"。它是一个结合了上海图书馆电子书平台线上电子书的线下阅读推广项目。自此之后直到现在，每年我们都会由图书内容出发，带领读者领略上海城市的变化与文化的融合，探索阅读的各种方式。在这五年的过程中，这个项目也由我一个人发展成了目前由学生和朋友们参与拍摄、制作等工作的志愿者团队。现在我的两位很年轻又很有活力的同事也加入了这个项目，我们将继续行走在上海这座城市中，用书籍中的内容映衬着城市的呼吸，观察城市中的每一个细小而生动的瞬间。

　　很巧合的是，在"微阅读·行走"的第四个年头，上海交大出版社的两位年轻编辑找到了我，希望我来写一本关于书与城市的小书，我将这个想法告诉了拍摄志愿者胡德鑫，他很开心，我们计划一起完成这本小书，他拍摄，我写作。不久后，另外一位志愿者，颇有绘画与设计能力的陈智琦加入了我们，他用自己的绘画展示了五年中"微阅读·行走"在这座城市中的轨迹。我们曾带着读者走过这些轨迹，也因此认识了不少朋友，有的是在这些区域生活的居民，有的是在这些区域的文化机构与书店工作的员工。这些人与机构组成了城市的一种影像，这种影像应该被更多的人所知晓，而我也希望自己这几年因为项目的推广而偶得的一些感受，可以成为参与过"微阅读·行走"项目的朋友与志愿者们的一个小小的记忆与记录。

现在，"微阅读·行走"项目的第一位志愿者胡德鑫已经完成了本科阶段的学业，这本小书也将成为"微阅读·行走"项目五年积累的一个美好回忆。现在我们很欣喜地看到，这些积累被越来越多热爱上海的读者与老师们所宣传着，我不禁想到，是不是可以结合这样的线路来记录一些人与空间、空间与时间之间的对话？在我看来，城市是一个生命体，任何一种建筑或者空间的出现或消失都伴随着一个城市呼吸的脉动。阅读城市的脉动，也成为一种新的阅读方式，在不同的场域内通过不同的元素来进行思维与内心情感的交汇，这样的交汇也使得城市能够吸引更多的人。

在小书即将完成的时候，新冠病毒爆发了。这些我们曾经记录的空间与人群中，有些已经不复存在，也有些已经离开这座城市。从我个人角度来说，会很伤感，也很留恋，但城市运行依旧。因为人的来来往往,带动了城市的呼吸,因为人群的聚集,形成了城市新的影像,在城市旧影像的基础上孕育的这本小书中,也能记录下它们生命中的一些美好。也希望借由这本书为"微阅读·行走"的第一个五年送上一份来自我们这些参与者的礼物,同时期待这个小项目能够继续做下去,走向下一个五年。

张　莹

目录

慢记五

慢记六

慢
记
一

当你随着石阶拾级而上，
看着一旁墙壁上绿茵茵的爬山虎，
就仿佛游走在时光的阶梯上。

红砖墙内的白色空间

书店 | 光的空间

📍 上海市黄浦区绍兴路7号1楼

绍兴路的一大特点便是汇聚了沪上诸多艺术和出版机构。在一个看不到的所谓"犄角旮旯"里,不知什么时候外墙上挂上了个正方形的灯箱,上面简单地写着四个黑色的字:光的空间。

汉源书店搬离这里后,绍兴路还是那条绍兴路。虽然借助这里的文艺气息,"小资"悠然情调依旧是很多人对绍兴路的第一印象,但有时还是会有一种不可触及的疏离感,平日里的驻足也只

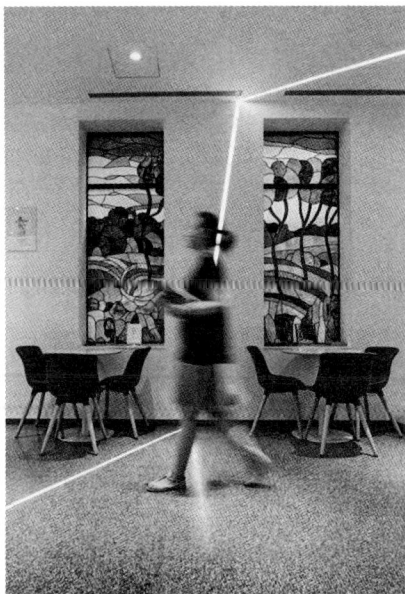

不过是一种对这条不长不短的马路曾有过的片段的回忆。

光的空间来到这里，将远去的片段再次拉回了现在。当圆环状的白色书墙包围着每个来到这里的人时，人们想必是在接受一次书的洗礼。不知为什么，这里总和童年有一种说不上来的关联。

书墙上的一本《给孩子的诗》映入我的眼帘。身边不少朋友是这本书的作者北岛的粉丝。在那个懵懂的年纪，他们读着诗人的朦胧诗，在诗句所构筑的世界中，建立起自己的真诚与独特——诗句是另一种表达人的正直、正义乃至人性的方式。

再往里走去，误入了一个初夏的诗歌下午茶，下午茶的主人是一位十岁的女孩。她父母应该都是文艺爱好者，选择在这个静谧的书之角落，把女儿的画作一幅一幅地展现在这片白色空间里。画作间装点的是女孩自己写的诗，这些用幼稚的言语记录的诗句里满是女孩和她朋友们的美好。

这些还童真尚存的心灵，有能力去发现我们这些早已流连于世俗的成人所忽略的东西。她们的心此刻正处于一种博大而包容的状态。这些玩伴可能会因为各自的家庭和生活而拥有不同的人生轨迹，可能她们今后也不一定会有交集，但此刻这份柔软的记忆会被这白色的空间小心翼翼地包裹起来。

光的空间在绍兴路上扮演着一个观察者的角色。它像是一个向往文艺的年轻人，倾听着这条平日并不热闹但依旧充满文艺气息的马路的呼吸。

如果细心观察，你不难发现，这条不宽的马路两边会时不时地出现一些出版社与杂志社的竖匾。光的空间所在的大楼就是上海文艺出版社的所在地，而不远处的对街有上海人民出版社。当然还有那本一度家喻户晓、现在依旧在发行的杂志《故事会》的编辑部，这一杂志创刊于20世纪60年代，是中华人民共和国第一本故事期刊。第一期首印6万多册就被抢购一空，第二次印刷11.5万册也很快售罄。在那个没有什么文化读物的时代，小小一本《故事会》也让许多人有了一丝心灵上的慰藉。《故事会》杂志社淹没在那幢老建筑内，透过门口藤架上的绿色藤蔓，我们可以感受到它依旧在这个快节奏的时代中行走着。

虽然我们并没有机会走进《故事会》杂志社，但在光的空间内的书架上，每个月都会更新它的杂志，当然还有诸如《书城》《小说界》《第一财经》等其他杂志。翻阅着这些最新版杂志的你，会不会想到不远处那个杂志社里的紧张与忙碌呢？而这些紧张忙碌的成果就在这里，在此刻的你手中。这里也成了附近出版社、杂志社编辑们谈事情的一个"据点"。你所看见的两位正在交谈的人很可能就在商量一本新书的选题，或是就某一篇稿件在交流。由此产生的每一次碰撞或许都将被定格在一本书的书页内。在这里，文化似乎不再是看着照片若有所思的感伤，或是某个人拿着画册逃遁的片刻欢愉，而是一种日常的生活记录。

光的空间铭记下这段并不长的马路上的风花雪月，它和这条马路的节奏是一致的。从它出现在街角的那一刻开始，它就用自己的诗句写着自己的诗歌。它们是弄堂里的私人书室风格，也是夜幕降临下啤酒屋的麦芽味道，还会是某天在墙沿上偷偷掠过的那只猫咪，或是那个午后空间内的生日诗画会。

默默关上那镶于墙角红砖内的门，走下台阶，耳畔依稀飘过不远处昆剧院传来的阵阵练嗓声。不久这声音便被马路两旁停满汽车的画面所取代，家长们等待学生下课的焦急目光成了这时最为深刻的存在。

光的空间依旧在那里，它继续躲藏在红砖墙的后面，记录着早春的微风和秋后的细沙。自然的树影演变成墙头的倒影，上演着不同的艺术画面。

山房里面有时光

茶馆 | 敲冰山房

📍 上海市黄浦区绍兴路 33 号-1

眼前的钟摆悄无声息地走动着，可如不仔细端详，绝对不会察觉，镂空处四只孔雀支撑起的葫芦装饰里，"亨得利"三个字被镌刻在钟面的正上方。落地窗外的院子中有一片苍绿的世

界,在这苍绿的世界中时常会传来断断续续的蝉鸣,这是一个时光的停留处,是一片幽静的缝隙。

脚踏着从各处搜罗来的老地板,每次抬脚,地板都会发出吱呀声,使人可以轻而易举地与时光一同弹奏属于自己的节拍。墙上悬着的那幅画流露出清雅的文人之气,画中那已丑年冬日所画的梅花也溜进了人的心头。

梅花是文人们所喜爱的植物,因为它能在严寒盛开而不畏风雪,被赋予了美好的品性。儿时就曾读过"梅花香自苦寒来"这样的诗句。近代海派画家吴昌硕也喜爱梅花,家中的园子被叫作"芜园",这位"苦铁道人梅知己"选择了身后与他的梅花相伴在报慈寺西侧山麓。

我们没有"梅知己"这样的执着,不过在山房中却能够见到梅花,也不枉这里主人的用心了。山房全名叫"敲冰山房"。"敲冰"两字源自《开元天宝遗事》中的这样一段记载:"逸人王休居太白山下,日与僧道异人往还。每至冬时,取溪冰敲其晶莹者煮建茗,共宾客饮之。"

山房的主人自比王休,也在山房里设了一个水缸,用瓢盛水来,在铁壶里煮茶喝;冬天的时候屋子里还会烧炭取暖。这里的一切都保留着一份文人的风雅。既然山房主人是风雅的,那么她便会有些藏书,她将自己的这些书都盖上了"敲冰山房"的私印。

这些书中我最先看上的是碧山系列,山房主人收集了这个系列的前四本,我收集了该系列的后三本。有次我调皮地和她说笑道:"下回过来,我用第五本换你的第一本看如何?"她只是含笑点头。山房能够留住时光,因为它随遇而安的心境。做事遇人,除却了目的性和急功近利的急躁,守住了一个"静"字。

主人在山房中放着的古琴,看似一个摆设,但有时也会有几位喝茶的客人上前来抚弄几下,之后才知道这几位客人都是古琴爱好者。山房中的器具也会因为季节的不同而有细微的调整:夏季的山房里会有穿竹衣的茶具,给视觉上带来一丝清凉;冬日里的山房内,炭盆中的炭火暖了整个屋子,也衬托出在这里停留的时光。

一次，我在山房主人的藏书中找到了一本《宜兴陶器图谱》，让她有些激动。这种激动是在提及作者詹勋华的名字时捕捉到的，她的眼中闪烁着光芒。这位在茶界颇有名望的詹先生与山房主人因为这本书而结识。詹先生曾说过自己几十年前便与茶结缘，与茶交心，"茶像拐杖，可以探路"。茶有不同的性格，好似不同的生命循环。

如果说，紫砂对于多数人来说是一种可遇不可求的存在，那么陶，这个土地的产物，却给人以质朴的踏实。泥是陶的原料，它随着人的欲来创制，当泥被塑成物的时候，是可以坚韧到极致的；随了人心的欲而成了物后，也能够柔软地抚慰人心。这种不做作的亲切是从心底滋生而来的。想必山房主人是能够深刻地体会到这些的。能够遇到詹先生，她应该也会时常感慨，因为这是她敬佩的作者。

当她感叹"真味只是淡，至人只是常"这句话时，山房院内的绿叶又一次被风吹起，门上挂着的风铃也叮咚作响。自然的神奇和博大用这看似随意的风铃声，串联起时光，也应和着山房中的她。

阁楼上的那只橘猫

咖啡馆 | TASTE 105 CAFE & LIFESTYLE

📍 上海市黄浦区泰康路210弄田子坊1号门3号楼105室二楼

这座三层楼的房屋原本只不过在上海最为普通的居民区里,后来有一群艺术家选择了这里作为他们的画室。鲜活的生活场景和他们创作的样子一度让这个地方成了一道风景,越来越多的艺术家聚拢在这里,今天这里被人们叫作"田子坊"。

田子坊,不管什么时候都有那么多的人。小孩在各色人群中打闹,田子坊的居民想必早已习惯了这样的情形,依旧优哉游哉地过着属于自己

的"小日子"。怕人群的我已经不太常去那里了，但仍会时常想念起那里的一些阁楼。

　　TASTE就是这样的阁楼。顺着窄窄的发出吱呀吱呀声的楼梯走上去，好似走入了一段不同的时光里，一些陶土器皿整齐地展现在面前，岁月继续在这些器皿上停留。墙上单一的土黄色，连接着更上一层的更为狭窄的楼梯，不过楼梯角有一只橘猫挡住了去路。

　　它不慌不忙地走下楼梯，调皮地穿梭在那些整齐的陶器之间，灵动而柔软的体态，让这屋子瞬间欢快起来。它的毛与这些表面粗犷的陶器触碰，活脱脱像个检视士兵的军官。

　　跟着它的步调，来到了一排窗前。正方形的单开窗户，正

中镶嵌着六块不同的玻璃,由铁边框窗户与延伸到对面的带有铁皮铆钉的过道组成了如今这座"过街楼"。这"过街楼"的妙,只有从这楼上走过才能体会到。透过过街楼上的玻璃窗,可以看到眼前那青砖红砖堆砌成的石库门门头,门头下面是一家丝巾店。店旁的墙上满是绿色的爬山虎,爬过过街楼的绿荫下。"TASTE"的店招被微风吹起,前后左右随意地摇摆着。

耳边播放的日语歌曲把游离的目光拉回低矮的阁楼内。面前放着草编杯垫,垫子上的陶杯也是这里的陶制品,陶杯中盛着美式咖啡。墙角的一个书架上,放着店主喜欢的书,其中一本是《深夜食堂》。刚想过去拿这书翻来看看,书边跳出了那只橘猫,它望了我一眼,慵懒地跳下书架去,躺在了它专属的角落里。

高跟鞋再次敲响了铁皮过道,一路传来渐渐强烈的声音。"你好!要来些什么?"短发蓝花衣服的女孩开口招呼着客人,好似招呼一个邻居般随意。先前的那群艺术家们早已离开了这里,有些可能还会再来田子坊的某处创作。不管他们是属于过去的,还是属于未来的,这座阁楼都在这里,那只橘猫也在这里。

穿旗袍的女人很"嗲"

服装店 | PLUS 设计师品牌集合店

♀ 上海市黄浦区泰康路 190 弄 2 号

在这片喧闹的街区,居然隐藏着一家这样的店,这是意料之外的。可能是这个地段的商品太过于琳琅满目了,每一家店铺都呈现一种争奇斗艳的姿态。在所有店铺招牌里,"PLUS"的白色标签显得有些黯然失色。只有独具慧眼的人,才能从店门上朱红色木推手上的凤兽里寻得几丝与众不同来。

凤兽守护的世界便是精致、富丽的旗袍,从原先的清代宫廷女子服

饰到近代曾一度风靡上海的时装,旗袍是最能够代表中国女性形象的服饰了。梳着云鬓的女郎,耳畔有珠坠,手上带着浪琴牌手表,出现在20世纪20年代的《申报》上。穿着织金绣眼、镶着盘花的旗袍,出现在小说中的女子,那种婀娜多姿的身影也使一代女性作家张爱玲的作品长留人心。

从清末的宫装到摩登时代的旗袍,从袖口长短、腰身大小、开衩高低的细微变化中将女性的束缚逐渐解开,这种转变并不是被动的,而是一种自然而然的自动和自愿。旗袍既保留了中国传统服饰的特点,也吸收了西式服装的裁剪方式和理念。

1926年纽约的服装店里,"不知道怎样兴起了一种新鲜的花样。女子们都穿起中国女子穿的旗袍来"。在这里,一天竟售出一百来套旗袍。这款来自中国的服饰既可以尽量体现人体的线条美,也不用担忧褶皱,兼顾实用性和美观性,从而让女性美更多地被衬托了出来。这种美伴随着女性的步伐从家的空间走向社会的大环境中,时代的车轮滚动着,女性步入了更多她们早前不曾走入的场景。这些独立的女性变成了我们这个时代所仰望的偶像。

"PLUS"的旗袍在某种程度上说也是中西合璧的产物,设计师生长于西方文化环境之下,原本就学服装设计的她们,看到中式旗袍的瞬间也被吸引了,便一发不可收拾地做起了这服饰的"奴仆"来。不同于传统的旗袍,她们做了形式上的改良:面

料是来自英国的, 款式是按照旗袍的特性来剪裁的。这样的旗袍有了种清新脱俗的感觉, 不再一味地寻求色彩上的艳丽。它整体上呈现了一种气息, 这样的气息透露了一种现代的旗袍语言。它成形于这片地域的文化, 融入了两位年轻人的体会, 她们用自己所掌握的技艺把这种东方的美展现给更多的女子, 让更多的女子认同她们对东方服饰美的诠释。

在熙熙攘攘的闹市里, 很多人会错过这样的 "PLUS"。在进门听到一声 "宝贝" 的称呼, 加上简短却很有个人见地的介绍后, 有人选择继续翻看这里的衣物, 也有人选择推门离去。"PLUS" 还在那里等待着, 等待着每个有缘的欣赏者。

旗袍出现的原因不外乎是想要跳出那个时代的沉闷, 连接起新潮,也可能因为当时的时局,这样的创造力也只能够通过服饰来表现。纵使人们在那个时代无法改变他们的生活情势,但依旧可以创建他们最为贴身的私密。

夜幕降临,对街的琉璃博物馆墙上开出了一朵鲜艳的红玫瑰。纵使周遭各色光线、广告灯牌此起彼伏,花开花落,动静之间它也能演绎自己的生活。

淮海路上"做个头"

美发店 ｜ 沪江理发店

📍 上海市黄浦区南昌路183号（近茂名路）

的确，曾在淮海路上剪头发，让人感觉是件可以拿来炫耀的事情。虽然这碎片般的记忆，会零星地出现在一些电影场景中。

如今已95岁高龄的外婆，头发却还是黑白相间的，不像别的老人。她还极其注重形象，每次外出，总要对着镜子仔细地梳理头发，一定要把它"弄弄清爽"（收拾干净）。老人家一直和我说这样是对别人的一种尊重，而这尊重也是她对自己美丽的一种坚持。曾有个理发师傅给我外婆"做头发"（意为理发或梳理头发，有时也表示为烫发），但我的记忆是从这个师傅身边的那个学徒开始的。

在计划经济的年代，子女会"顶替"父母辈进入他们的单位工作。可这个年轻人的工作经历却是从学徒开始的。当学徒一开始就是打扫、整理、洗毛巾这些琐碎的小事，但这些琐碎也许会成为此后他通往技艺巅峰的基石。心性的成熟也在这一次次的日常磨砺中成了"剪刀手"心中的云淡风轻。

一段时间之后，年轻人有了一套桌椅，开始了自己的"剪刀手"生涯。当这个年轻人被越来越多的人记住时，他那个白发苍苍的师傅已经不在这里了。随后，年轻人也变得越来越有名，红唇纱裙的顾客们每日都会出现在理发店的门外，待店门一开，便会争着坐到年轻人的椅子上，等着她们的发型魔术师让自己变得更加光彩夺目。年轻人的名字被这些时髦女郎们由"头"开始继续向外宣扬着，来找他的人更多了，周遭的议论也更多了。

虽说发廊是个公共场所，但这里的火药味一直是十足的。先不说那些和淮海路一样迷人的女郎们，单就立着的那一排理

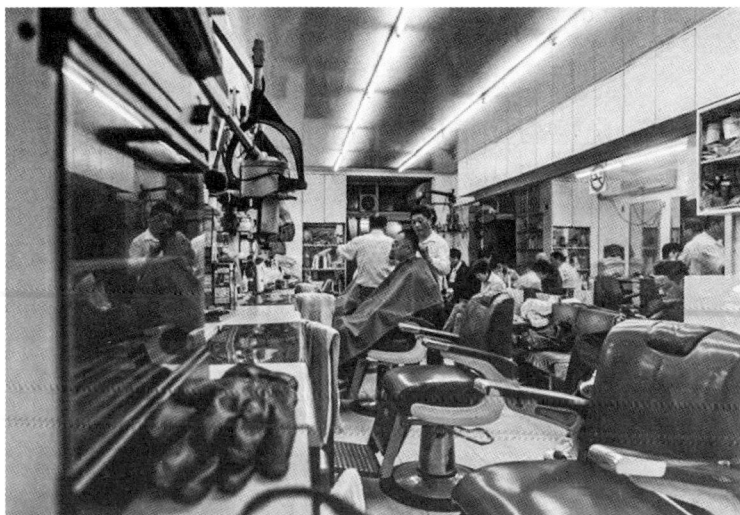

发师来说，内心也各怀着不同的盘算。所有这些都和理发店的名字一道被铭刻在这段道路的门牌号里了。

　　记得有次来了个新娘，当时曾一度流行在新娘头发上插鲜花，新娘就像鲜花一样娇嫩可人。不过这新娘拿来的却是绢花，刚洗好头的她还没来得及跟自己的理发师说，理发师留下一句"这年头不用绢花！"后就离开了。这个待嫁的女子急得哭泣起来。这位理发师在20世纪90年代就个性如此了，好在店里还有其他的理发师，这新娘总可以找到一个能够为自己"锦上添花"的人来。不过早已不是学徒的年轻人那天不在，否则一定能够看到他会怎样用巧心来"改造"那些"过时"的绢花。

　　有了名气的年轻人，照理说会在那些个五光十色间留恋，但谁都想不到他选了一个能干而相貌并不出众的女人结了婚。可能是早已看透了花开花落会引发各式各样的感伤，也可能他始终牢记自己只是个拿剪刀的理发师傅，没了那份对花花世界的不切实际的憧憬。毕竟，在这样一个物质化的城市，生存才是他当时首要的考量，踏实成了他那时铭刻于心的词。

他继续为各色人群理着头发，当然靓丽年轻的时髦女郎依旧会选择他。那个时候我也因为他给我剪的"西瓜太郎"头而在学校里"名声大震"，以至于每每被人问及头发是在哪里剪的，只能极不情愿地介绍自己的这位理发师，还要时刻担心校园里有"同款"出现，挑战"西瓜太郎"的独一无二——这或许就是潮流的第一课吧。

不久，年轻人离开淮海路上的理发店，跳槽去了另一家发廊，他成了第一批从"国字号"走出去的人。那时的他已不再年轻，只是还保留着标志性的利落短发，原来的白色衬衫换成了浅色的POLO衫，也不像原来那样拘谨。穿着不同颜色POLO衫的他后来去了新加坡工作。在那里，他为了自己妻儿的生活继续理着发。那些从少女时代便跟随他、那时已成少妇们的女子们纷纷留起了长发，等他一回上海的发廊，她们便又蜂拥而至。每次她们都细心地计算着头发生长的时间，等待着下次他的归来。望着这些一路跟随自己的客人们，眼角已有细纹的他依旧少言。对这些女性来说，男伴可以更换，但有资格给她们"做头发"的，只有他，无论他是曾经的白衬衫，还是浅色的POLO衫。

两三年后，皮肤黝黑的他，拿着亚洲美发奖杯回来了。这几年的漂泊，让他变沧桑了，也让他在另一座城市的舞台上去表演属于他的那一段。不知道他有没有想过，如果他那早已不在的师傅当年没有收他做徒弟，他现在可能会在上海某家不知名的街边理发店里混沌度日。

上了点年纪的他用积攒下的钱买了房，开了个自己的理发工作室，工作室里摆放着那些年他得的奖杯。他的手艺还在，为他操持生活的妻子也还在。那些跟随他的女子们，如今也步入了暮年，她们还会时不时地去"做头发"，她们的儿女也会去，甚至她们的孙辈。

"来，乖哦，我们剪个头发！"穿着POLO衫的花白头，说着略带一丝扬州口音的上海话，哄着眼前这个小男孩，就像我小时候，年轻的他哄着我一样。

粉红色的"饨门"

馄饨店 | 饨门

📍 上海市黄浦区复兴中路612号-1

馄饨是一种很普通的南方食物，一张面皮加上内里的馅，配上有紫菜蛋皮的汤底，最好汤里可以放一点猪油。早些年曾流行过"柴爿馄饨"：摊主推着一辆木板车，这车里必定有一个

可以烧柴火的位置，摊主会一边包馄饨一边把柴火烧得旺旺的。冬天的晚上来一碗这样的小馄饨，可以从心底一下子暖到全身，对于那些需要赶路的人们，这可是能暖一整夜的贴心食物呢。

现在要再找寻"柴爿馄饨"的影子可就难了，它早就淹没在生活的快节奏之中。因为每次都要在这个路段等一辆前后间隔时间特别长的公交车，一家隐蔽在众多服装店中的小吃店，就此进入了我的视线。

"小姑娘要吃点啥？"坐在门口的爷叔，穿着粉红色的T恤，笑眯眯地问道。每次点餐，都是一次艰难的取舍。听说，住在附近香山医院治疗腰椎间盘突出的一个病房的病人曾集体"出逃"，到这里来"尝鲜"。这个病房的一位病友出院后，只要来到附近，必定会来这里吃一碗香菜馄饨。

这里每个季节都会有对应时令的特色馄饨。比如小黄鱼馄饨，一个硕大的馄饨里包着一整条分量的黄鱼肉。一口黄鱼肉馅，再来一口加了猪油的汤，这一碗八只馄饨能够让人直观感受到一个"撑"字。

说起这里的特色，爷叔会给你推荐他家那个"会下蛋的狮子头"："阿拉这里的狮子头是肉糜里裹着蛋黄的。"来得巧的话可以看到这里的狮子头被一个个排列在长方形的大铁盘里，咀嚼的时候，碎蛋黄偶尔会从齿间的肉糜中钻出来，打破了单一肉味的沉寂。

不过这个菜名一定不是爷叔起的吧？问了才知道，原来这是他女儿起的名字。饨门的墙上有零星的照片，说起这些照片，粉红爷叔不无骄傲地说这些都是自家女儿的"杰作"，言语间透着自豪。

对每个父亲而言，女儿都是自己的宝贝。虽然粉红爷叔的女儿也早已生儿育女，成了一位母亲，但不管她多大，在父亲眼中都只是一个长不大的、需要呵护的女孩。有次吃馄饨，碰巧遇到爷叔的女儿和外孙来店里蹭饭，爷叔不声不响地站在女儿身边，看着他的一对外孙们嬉闹……吃馄饨的狭小空间通往厨房区域的过道口，悬挂着一块布帘，布帘上有一只独角兽映衬着那

句天天开心的英文标语。

现在，粉红爷叔依旧会时不时地坐在账台后的高脚凳上，没有食客的时候，就翻看一下手机。胖阿姨在里间，边算着账边和身边正在包着烧卖的几个中年阿姨闲聊着，"我把门关掉了哦！"怕外面热气入侵的爷叔探出头和胖阿姨说了一句。这就是饪门的日常，也应该就是生活的样子吧。

有一种文学叫"思南"

书店 ｜ 思南书局

📍 上海市黄浦区复兴中路517号

　　最初这里并不叫思南路,而是马斯南路。马斯南是个外国人的名字,用这个名字来命名这里是为了纪念一位叫马斯南的法国音乐家。他最为出名的作品是《沉思曲》,这个作品也是歌剧《泰伊思》的间奏曲。这位著名音乐家于1912年在法国巴黎去世。当时这里是上海的法租界,于是法租界公董局就将这条新开辟的马路命名为RUE MASSENET,即马斯南路。

　　马斯南的《沉思曲》取材于法朗士的小说,他的另一部歌剧《维特》改编自歌德的小说《少年维特的烦恼》。他还创作过《玛侬》,意大利的普契尼也曾写过同名的歌剧,这两部歌剧都是根据法国作家普雷沃的著名小说《玛侬·莱斯科》改编的。可见艺术是相通的,只是运用不同的方式来演绎人类的生活与经历的事件。或许这条用马斯南名字命名的道路,也延续着这位法国音乐家对艺术的实践,并将这种实践融入自己的故事,形

成了新的街区艺术。

很难想象原先这里的居民都是临水而居的，一派鸡犬相闻、树木葱郁的景象，即便是在上海开埠后的数十年后也依旧如此。要形成现在的模样，马斯南路的修筑本身就是一段历史。最初的马斯南路只是环龙路（现在的南昌路）到辣斐德路（现在的复兴中路）之间的一段。后来北边延伸到霞飞路（现在的淮海中路），南边扩展到薛华立路（现在的建国中路），不久继续往南延伸到了贾西义路（现在的泰康路），这样今天的思南路就基本形成了。到了1946年，这里以贵州省思南县命名，于是就有了思南路的重生。

很多人喜欢这里，因为这里的气质，和具有欧陆风格的住宅区。这里有各种形态的建筑式样，这些式样可都是当年的欧美流行设计，现在依旧延续着那个时代的模样。但设计只不过是一种形式，真正骨子里的是这里的文化和历史的诸多联结。这里曾经的居住者与他们身上发生的故事，成就了一段又一段的传奇。人们讲述这些传奇，犹如讲述这座城市的成长史，它的重生与城市的重生一样，带来一次又一次新的变革与憧憬。

听说原先距离这里不远的地方，有一家叫红鸟书店的法文书店，店主是一位名为卡松的法国人。他书店里的法文图书、报纸和杂志曾是沪上法文书店中最为完备的。卡松博学多才，藏书极为丰富。店里的绝大多数书籍都是从法国运来的,顾客大多是居住在上海的法国侨民。附近的震旦大学、中法工业专门学校、中法药科专门学校的用书也都是向卡松的书店购买的。逐渐地,一些中国人也来光顾书店了。他们来主要是为购买原版图书阅读,法国的文学作品也逐渐受到中国读者的喜爱。这也促成了一些中国作家将法国文学作品翻译成中文,当时有不少作家选择居住在马斯南路这一带。

正是这些人文思想与作品令这一带的文化氛围变得更加包容并蓄。看着眼前依旧是一只红色小鸟标记的思南书局,这样的错觉还会时不时地萦绕在心头,这既是文化的延续,也是对于这个街区最为合适的继承。当你随着石阶拾级而上,看着一旁墙壁上绿茵茵的爬山虎,就仿佛游走在时光的阶梯上。不经意地坐在室内的木制楼梯上,靠着一旁的旧式窗架,偶尔飘来的风带起几片绿叶浮动,伴随着远处传来的自行车铃铛声。

文学源自生活,尽管它有艺术加工和作者个人主观

的感受。有一次来思南参加邹韬奋纪念馆的活动，在不大不小的场地里面，一排排的座位全都坐满了。台上一位白发老者深情地朗诵了邹韬奋先生的《转到光明方面去》，曾经的场景又再次浮现在眼前：读大学时参观过邹韬奋纪念馆，在这个隐藏于闹市高架旁的居所内，我们看到了邹韬奋先生的文字。每个新闻专业学子的心中都会有一个新闻偶像，只怪当时年少，只是听说过那些所谓的"偶像"。跟着带我们参观的教师，只感觉这是个极为拥挤的地方。待到工作后，接触了邹韬奋先生的文字，才发现他心中有一个特别真善美的世界，在那个兵荒马乱、国破家亡的年代里，他将自己内心的无限光明给予充满迷茫的青年人，还有在当时似乎是看不到希望的民族。

或许与这里的房屋一样，凡事皆需要经历一些风雨，才能够感受到一些内在的涌动。历经大浪淘沙后沉淀下来的才是真正能留在心底的。如今这样的内涵又重新出现在摩登的氛围中，成为现世的弄潮儿所推崇的又一种海派摩登。你可以在书店里选择一本书翻看，或在LONDON REVIEW角边的壁炉架上发现一辆伦敦红的双层巴士模型。这里的复古键盘像极了那个时代的打字机，让你仿佛置身于那个时代的文学产生过程。

如今这里依旧会产生它的文学，因为它有一个响亮的名字"思南"。大家慕名而来，不仅仅因为这里的曾经，也因为它的现在，还因为这里可以在不经意间遇见文学。原本不属于这块土地的文化，用文学的方式降临在这里，就像20世纪涌现的那些翻译作品一样，这里的翻译和交流也还在继续。这种延续随着一家家书局的开设，让更多的人意识到这片街区的特别气质，不管你是不是曾经仰慕过，不管你是不是曾经怀疑过，这里就是文学的一部分，因为过去的、现在的、将来的人都会出现在文学中，也会从文学中收获自己。

"M" 女士的时尚经

皮具店 | MIMO MIRAMODA（已关闭）

📍 上海市黄浦区泰康路 326 号

　　都市的缤纷是从橱窗开始的。我们都不否认自己其实还是"视觉动物"，橱窗成了商家们用来呈现自身特质的一个最直观的舞台，各色花样的堆积，让眼光不经意一瞥间便会决定是不是会踏入这家店再做一番感官之旅。

　　作为女性，浏览橱窗早就成为我漫步街道时的一种乐趣，每次浏览时，脑海中会出现几个词汇，给橱窗打个只属于自己隐蔽世界的分数，能够发现"M"也属于一次隐秘的打分行动。

　　冬日的午后有些许暖阳，很适合做一次行走，既可以打发无聊的时光，也可以遇见一些未知，谁知道这样的未知会不会带来某些意外的惊喜呢？正这样想着，目光已不受控制地瞥了出去，一间简洁敞亮的沿街铺子吸引了我的眼球。不同于两边繁复的装饰，这里有一种摒弃复杂后的舒适，这舒适应该是被设计过的，并非杂乱无章。

　　这种舒适从视线进入这个空间时就已经开始了。这里的陈设物大多是皮具，暖黄色的灯光让皮具显得更有温暖的光泽，这光泽像极了我们的皮肤，让人不免产生一种自然的认同。

　　这种认同是从两边三排的长木架开始的：各色的皮包，大大小小、林林总总地排开；中间有一个戴着黑框眼镜的男孩，时不时会露出爽朗的笑容，映衬着一口白牙。

　　这是个健谈的男孩，在暖黄的灯光下，这氛围延续着之前的舒适和愉悦。在他身后出现了一排摆放着书的白色架子。看到我眼神停留在一处，他转身看了一眼："咦？你喜欢看书？这是我们老板收藏的书哦！"他口中的老板便是之后我见到的"M"女士。

　　单从书的内容就可以看出"M"的气质来，在这看似随意的选择后面是个值得一探的人，这些书成为了解她最好的密码。能够选择认同她质感的应该也是一群有自己独到见解和生活认知的"质"人，这个"质"是触手可及的生活讲求。

　　与"M"的见面是意想不到的，她选择了一家咖啡馆，一幢旧式楼房改造的房子。改造之后的天窗上盖着被风吹下的落叶，原本透明的天窗给自然提供了最好的画布，恣意用落叶填满原本不大的天窗，只有落叶不同的颜色告诉这里的人四季是如何变幻的。"你好！"一个穿着蓝色丝质衬衫的女士走过来和我打招呼，这是"M"，一个平日的"M"，没有刻意的妆饰，也没有印象里时尚博主的那种模样。

"70后"的"M"是幸运的,她曾走出国门,到大洋彼岸去学习自己喜欢的专业。在这个专业中,她身边很多求学人都比她年纪小。与他们在一起的时光,让她可以比同龄人更加理解这些年轻人的思维。即便之后的团队里充满了所谓的"新新人类",她也认为"他们并不幼稚,有时还很体谅他人"。似乎那个健谈的微笑男孩就是这个样子。

聊到店里的那些书,她笑了笑:"这些都是我找的书,只是太多时间没有更换了。"把家里的书拿到店里,是为了寻找同类人,书也成为"M"对时尚见解的一部分。时尚应该是有层次的,最为潮流的东西就好像是海浪:它被我们这样的人推至岸前,在海浪即将消失之际,又一波新的海浪开始酝酿。不断涌现在浪花中的,是"弄潮儿","M"店里的那些皮具也是如此。它们在那里,等待着拾贝人。

这些皮具被选走后,随着它们的主人继续着自己的命运之旅。现今的时尚是可以被制造的,也不再是有钱有闲的人才有权利消遣的文化,我们每一个人都可以用时尚来传达自己的性格和价值,而最终留下的,或许应该就是"M"随意之下拿到白色书架上的那些书吧。

慢

记

二

每个人都在写一本意识流小说，
汇集成裹挟着我们日常生活的洪流。

一片叶子的异世界,茶书房里的天地

茶馆 | 戎茗轩(已搬迁)

📍 上海市徐汇区淮海中路1390弄2A

　　都市人大都爱喝咖啡,工作日的标配是美式(美式咖啡)。美式是为了让人提神而存在的,除此之外,更有一种心理层面的暗示:工作开始了,大脑需要高速运转起来。这样的节奏,会不会让人的性格变得越发急躁? 茶的存在似乎告诉人们:生活和工作是可以"慢"下来的。在高楼里,在忙碌时,保持一种放松而自然的心态,可以让包容与舒畅缓和一下自己,也方便一下他人。

　　自从人类发现了茶叶的奥妙后,时至今日我们依旧拜服于其所带来的各种文化的、生理的或是情绪的变幻。有这么一个人,每次旅行都背着包往茶区跑,每次回来都带着茶叶。起初他认为这是一种"到此地一游"的仪式感,渐渐地,当他去过的茶区多了,看着一些茶区的荒废,茶树的凋零,他拾起了一株株茶树枝叶回到自己的家。当他去过全中国21个产茶省份后,他的

家也变成了一个茶树枝叶的"仓库"了。

怎么处理这些"茶"可难倒了出生于江南、生长在黑土地的戎新宇。最终他决定用塑封的方式将自己这些年采集的3 000多片叶子全部精心地装裱起来,这个"仓库"逐渐变成了一个茶叶的世界。这里像极了一个植物学家的实验室,本就狭长的屋子里面,两排架子上全都陈列着一片又一片的叶子。如果有幸,可以听听他给你讲述每一片叶子和它背后那块土地的故事。这一片片叶子在这里为人们连接起了一个茶叶知识的世界。

有一天,戎新宇说,他的茶世界变成了茶书房。这样的转变对于他而言,并不意外。"茶"就是源自土地的绿色生命,经过

不同的制作步骤,就有了不同层次的颜色。人的文章、人的饮食和人的喜好,让茶叶组成了人的一种文化,这也是另一种土地的凝结,这种凝结成了今天人们的一种精神表达。他是幸运的,借由土地的馈赠之物,探寻自己尚未知晓的文化根源。

"这是一本1642年在英国出版的、给茶叶做推广的书",戎新宇的脚步已走出国门,探寻着更加广阔的土地。那时来自葡萄牙的公主成为英国的王后,这位喜好喝茶的王后将这来自东方的神奇树叶带到了英伦,从此她身边的贵妇们也学着王后开始饮用起茶叶来了。从他收集来的一个盒子里得知,原来这些妇人们在每次举办重要宴会后,都会用她们脖子上佩戴的钥匙打开一个盒子,拿出她们拥有的茶叶,给每位宾客泡上一杯红茶,当宾客们饮用完毕后,会将茶末放入口中咀嚼,不想放过任何一个能够感知这小叶子所带来的奇妙享受的瞬间。

这个盒子如今在茶书房里继续保存着。戎新宇标志性地理了理自己的小胡子,继续沉浸在他对茶世界的探寻中。

现在的茶书房里,还是有茶香;书房里的书,也随着戎新宇云游的脚步,变得越来越多,可能早已赶上了3 000片茶叶的数量。"我现在并没有那么多充裕的时间来阅读它们,但我知道我需要它们,"他说,"现在每次去茶区,我都会和茶农们聊天,他们和我熟了,就会拿出他们珍藏的手抄茶经来,这些都是从他们的祖辈或上几代传承下来的。他们信任我,让我翻看,其中的一些制茶工艺,我看后可以知晓,也能够通过这些茶经进行思考。"

在这里,茶改变着戎新宇,也让他停下自己可能会迷失的脚步。这让他有很多可能去调制、开发更多的"好"茶,也让他收获了自己写的第一本茶书《茶的国度:改变世界进程的中国茶》。但所有的这些可能性都基于一点——对土地、对自然的尊重,这也使他能够领悟传统文化,并尊重传统文化和民族。

"茶书房"的故事并没有完结,因为这里有土地的深邃,这是我们永远都看不完的书,就像文化一样源远流长。

理想的阳光院子

西餐厅 | 高安三号咖啡馆 (已关闭)

咖啡馆 | T12: LAB (已关闭)

📍 上海市徐汇区高安路 3 号甲；上海市徐汇区吴兴路 5 号

　　每个人都在寻找一处只属于自己的院子，无论是大、是小、是朝向南面，还是朝向北面。有时这院子会出现，碰巧就在身边不远处。

　　在这片区域有很多个院子，不过并不是每个院子都可以随意地踏入，其中有一个院子因为一个"费城牛肉三明治"而变得与众不同起来。这个据说由费城居民帕特和哈利发明的吃食，是从他们的热狗摊开始的，碎牛肉加烤洋葱再来一点波罗伏洛芝士，三明治有了最基本的样子，吸引人的还有与薯片一同点缀的酸黄瓜。

　　一对情侣经营着这里，楼下是咖啡馆，楼上是他们的居所。其中的男子曾经到过美国，可能在吃食店打过工，于是乎学了几个拿手的菜。他喜欢艺术，也喜欢四处漂泊，于是遇到了学舞蹈的她。他们一起回到了男子父亲留下的房子，选择了自己最熟悉的手艺，加上女子很会察言观色，可以招揽客人，于是他们的"高安三号"便这样开张了。

最先发现这里的是一位前辈，他有着留洋的背景。也有着极高的艺术品位。在刚工作后不久，就能有一位可信赖的、肯引导人的博学前辈，让人有种阳光播撒进内心的感觉。偶尔的一些请教，收获一个善意的指点，都可能让一个年轻人变得有憧憬起来。做文化的人自然都喜爱能够激发自己灵感的地方，当被带到"高安三号"的时候，似乎有一扇门向我打开了。

看着"费城牛肉三明治"被端上来，我也学着前辈们的样子吃了起来。眼前的酸黄瓜似乎可以弥补牛肉的油腻，咬下去的清脆口感可以覆盖之前留在口中的牛肉味。此后，随着来这里次数的增多，不断地认识了一些人，大家一起为这位前辈从兴趣开始的研究梦想而高兴。依稀记得当他的第一本著作诞生时，他那神采奕奕的高兴样子。

经营这里的女子家乡产茶，她会给熟人泡上一杯尝尝。她的细心有时也会出乎意料，在顾客点好意大利面后，她会根据食客们的情况将面煮得烂一些或硬一些，端上桌的时候微微一笑，说上一句"小心，有些烫"。听着这些话就能感受到家庭式的温馨。

不知何时，这里的墙面上多了一幅猫的油画，她笑着告诉来人，这是他上周画的。画里的猫是他们两人共同的宠物，全身除了四足白色外，其他地方都是黑色的。"如果它出现在院子里，不要惊慌，它可能只想简单地看下你，然后找个地方去玩。"女子笑了笑，淡淡地说道。

有一天，女子说她为了这里每天都在忙碌，已经很久很久没有看看外面的世界了。于是男子决定离开这里，离开这个院子，带着女子去了一直想去的丽江。不知道他们的那只猫是不是也同行了，但有一个事实却逐渐清晰：这个院子，人去楼空了，不管是这对情侣，还是那位前辈。

人走了，停留人的院子也就没了，唯一能够做的就是期待下一个可以停留的院子。所幸这种等待并没有持续太久，在不

远处的吴兴路上，又有了一个院子，一个可以停留的院子——T12。

对于T12，很多人是冲着店里的Dirty[①]去的，喝着Dirty的人，自然不会想到，随着那个叫FOX的女孩的到来，让人有些期待的可以停留的院子再次回归了。

作为谷歌中国的软件工程师，FOX也是食堂的口味监督员，编程的日子总是被开发和放空的假期切割得黑白分明。在一位痴迷咖啡馆的澳洲同事的感染下，她开始对精品咖啡产生了兴趣。

当遇见的美好味道越多，她的内心就越有一种想与别人分享的渴望。她面前屏幕上的代码是没有温度的，但那些美好的味道却可以传递爱与专注。对她这样内向的人来说，咖啡是一种媒介，可以传递温暖，在保留自己含蓄的性格的同时，也能展现她那自在饱满的心态。

在FOX放弃与命令行和代码日夜厮磨的工作后，她继续着自己喜爱的旅行，当然泡咖啡馆也是她旅行的重要一部分。当她结束旅行回到T12咖啡馆时，那里的男孩FIGO端出的一杯日晒埃塞的澳白[②]俘获了她的心，用她的话来说，是一种"一杯入魂"的感觉。这种感觉让她加入了T12，成为自己最喜欢的咖啡

---

① 即Dirty coffee，一种咖啡。
② 即Flat white，一种咖啡。

馆的合伙人。

通过FOX制作的澳白,我也感受到那种自在而饱满的FOX式的含蓄,这种含蓄就如同这片区域所展现的气息那样,静静的,却有着多种层次的色彩。在步行上班的途中,走进一处洒满阳光的、可以停留的院子里,喝一杯自己喜爱的咖啡,然后再步入嘈杂的人群中,这便是一种幸福。至少,停留在院子里的那一刻,可以把自己想象成一株植物,被太阳照耀着,头向着天空,脚踏着土地,感知着天和地的气息。

在丽江边的某个角落里,会不会也有一个女孩,淡淡地笑着,阳光也同样洒在她的身上,温暖着她,也温暖着她面前那只曾被画在油画里的黑色白爪猫咪。

都市市集的生命体

文创书店 | 衡山和集

📍 上海市徐汇区衡山路 880 号

　　衡山和集（简称"和集"）是由建筑组成的"市集"，它用建筑来诉说自己对于城市、自然和人之间的理解，在这些 20 世纪三四十年代就已经存在的建筑之中，可以看到和集依照自己的理解所诠释的理想。这个理想透过绿地旁的"客厅"展现给每个经过这儿的人。

　　与和集最初的相遇并不算美好。阴雨绵绵的天气充斥了上海那一年的整个冬季。偶然走过，看着它那做旧的铁门,因为和集有规定,外带食物不能入内,拿着外带杯的我便只能站在铁门外憧憬着门内那个不曾驻足的世界。

而关于和集的美好记忆是从一个周末开始的,有什么比得上周末搭配一身合心意的衣服,戴上自己心仪的耳环,约上个好友,在这里度过一段时间来得惬意呢?只要坐在和集进门的长皮椅上,就可以听见门外路口交警指挥交通时的口哨声。看着落地窗前那朝向外面的高脚椅,少女穿的白衬衫映着木桌子上的紫粉雏菊;窗外的大树里传来几声蝉鸣,这便是这里周末的样子。

和集的样子是多面的。在临近新年的夜晚,这里的屋子曾经点缀过黄色的球形灯泡,它们像和集的建筑一样,聚集起来散发出特有的热来;下方一字排开的油画,色彩绚烂,好似记忆里一度出现的烟花。和集的巧心并不在于它的宏伟,而是城市历来崇尚的"螺蛳壳里做道场"的惯例。在如此有限的空间内,它能营造出一种状态,来到这里,不管是谁,都能够在这样一种状态中,享受悠闲,定义自己的悠闲方式。

最初可能吸引你的是这里的建筑,但后来你会发现这里早已变成生活的一部分。这些早已失去生命力的灰色被再度装点起来,我们在这里可以自由地找寻书,或是漫无目的地看书。封面、字体、插画,各种各样的元素不断地刺激着眼球;拿起、放下、翻看,这些动作不断被我们重复着。

当然,衡山和集的魅力最初是由各类出版物所给予的,但源自书的延伸才刚刚开始。组成和集的还有我们不能忽略的美食。这个看似咖啡馆的地方,躲在和集的后头。曾在这里买过一本冈仓天心的《茶之书》,这本近代东方人用英文写茶业与茶史、茶道的书籍就安静地躺在这不大不小的建筑物的三楼。不过这个地方更多的时候是通过里面的厨房来显示它的存在的。这个开放式的厨房,每周都会有一场策划已久的料理上演。这里的主厨有他们自己的朋友圈子,之前因为某时尚美食节目的播出,光头的BRAIN被很多人认识,但其实他与城市的连接是从那家开在思南路上的HOF开始的。那里有我们这代人对于巧克力甜品的最初印象,在那个刚离开校园但还未进入工作状态的时期,一杯55%的热巧克力恰到好处地抚慰了我那时的心灵。

HOF只不过是个起点,之后他有了自己的榖屋,榖屋里有各种花色的蛋糕。城市的温度应该是这里的味道,这句话一度成为榖屋最能够传达给人们的信息。BRAIN的步伐还在继续,从一杯温暖的巧克力到有温度的蛋糕,他用自己的方式让甜这单一的味道带来了更多的未知,这种未知现在继续跟着他来到了美食图书馆。对他来说,美食便是他和世界沟通的方式,透过美食,人可以获得喜悦,而喜悦过后的回味会让我们庆幸自己存在于这个世界。都说美食可以治愈人的心,这哪是一种治愈,这更像是一种联结。

再次回到和集的书屋,考虑要不要买一本书什么的,但很快,这里的账台前放着的外滩明信片吸引了我的目光。这是早前在这里的二楼展出的摄影作品的延伸,是一种"和集式"的问候。看着明信片里似曾相识的建筑,想起即将展开的"微阅读·行走"项目的外滩系列,似乎这种问候可以经由我让更多的人知道。想象一下,在黄浦江旅行的人们写下一段话给自己、给他人,这会是一种怎样的心境。

这便是我们迷恋和集的理由,这个由建筑组成的"市集",相互独立却又相互依存。它们和周遭对话,它们是一个个生命体,用自己特有的方式去思考,用一种特有的形式逐渐地进入人们的生活。直到有一天,你也会不经意地带走一件曾放在这里的物件,心甘情愿地让这个叫"衡山和集"的地方在你的生活里打下烙印。

三只老鼠的故事

杂货店 | 优康和集

📍 上海市徐汇区武康路232号

上海有很多时候都是被雨水所笼罩的。这样的雨水天气，偶尔也会让我有些心存感激，如果没有那场突如其来的雷阵雨，也就不会有如此美妙的记忆了。

因为"微阅读·行走"的关系，总会在很多街角、路边停留。有一次在武康路附近，我突逢一场大雨却没有带伞，一时情急找了个沿街的店铺避雨。正在一阵慌乱中，眼前出现了一位中年女性，眯着不大的眼睛朝我微笑着。对于她的本能信任立即从心底涌现出来，顺着她打开的门，我迈开脚走了进去。这里不是个很大的空间，只是个杂货铺子。但是相较别的杂货铺，这里显然是被用心布置过的：墙头挂着的是一幅树袋熊的画，围着这幅画的也是来自大洋洲的护肤用品，左边的货架上则是各种啤酒……

"你好呀！"中年女性打破了我四处张望所带来的沉默。可能是看到我对店铺内摆放的各色毛绒玩具很感兴趣，她再度开口："我有个女儿和你应该差不多大，她现在在澳大利亚墨尔本生活。"

澳洲不乏华人，也有非常多的上海人，有朋友之前和我说过，沪语几乎成了那里的第二大语言。那时这铺子的装饰有众多的澳洲元素，除了与商品的货源地有关外，还有一层母亲对远在异乡的孩子的思念。她看到我，想必是勾起了她的怜爱之心，我也算是沾了她女儿的福气。

"快拿去吧，你还要回去上班呢！"我挂在脖子上的单位门禁牌提醒了她，仓促下我只回应了句"我会把伞还给你的哦！"带着一脸的感激。我拿着这把精致花伞的样子，也许让她想起

了自己那个远在澳洲的女儿。

　　一周后，我按照约定把花伞还了回去。收下伞后，她问起我最爱的事，我不假思索地回答："看书！"随即她将她女儿Yolanda的联系方式给了我，原来她女儿也是个爱看书的人。这是雨天带给我的惊喜，也是这些看似熟悉的环境、空间内所存在的一种温暖，在日常不经意间透露出的印记。不曾设想这是一种如何的美妙，但确实是一种独特的体味。

　　此后的三年里，我和Yolanda开始了每周一两次的聊天，话题从各自的生活到最近看过的电影、听过的音乐，当然看过的书也是少不了的。就这样，两个素未谋面的人，借助现代科技工具毫无隔阂地有了交集。

可能我会走过她曾经停留过的街道，见过那条她告诉我的白色松狮犬。那时 Yolanda 也有一条松狮，它们会相约在某个街角处碰头。可能我也会走进某个她曾说过的咖啡馆，那时那里有个镶嵌在墙壁里的华丽鸟笼，配上有点巴洛克风格的环境，当然鸟笼内还有两只玄凤鹦鹉，成双成对。

同样的街景，同样的物件，不同的人，一样的发现，这由我们两个一起借由时光重叠的作品激发着美妙的回忆，继续着城市中一个个能够被收集的瞬间。这样的日子直到我们两个约定在 IG 影廊门口相见才走入现实中，无数次想象中的见面时刻，变成了一个长时间的拥抱，这个拥抱从线上的表情包到我们真实的相拥。我们再次进行着属于两个人的现实与网络的拼图。

那次见面后，Yolanda 送了我一本绘本——*Claris: The Chicest Mouse in Pairs*，我戏称为"三只老鼠的故事"。这绘本中的主角是一只叫 Claris 的老鼠，她很普通，但她有梦想，她和所有爱美的女孩一样，喜欢美丽的衣服，好看的包包。她想设计属于自己的服饰，在她寻求亲手制造美丽的路途上，遇到了自己的好友。对于 Claris 来说，好友的存在使她有了从不同的角度看自己所在城市的机会，她得以乘坐热气球俯瞰这座她非常熟悉、此刻又有些陌生的城市……和这绘本中三只拟人化的老鼠一样，我们也会暂时逃离生活中的琐碎，望着希望看到的绚烂。Claris "幸运"地遇到了她的朋友，Yolanda 和我也遇到了我们的朋友舒，我们也制造出一个个属于我们的小小快乐。在为数不多的交集时刻，我们有着共同的记忆，比如一起欣赏昆曲，一起谈论阅读过的书，一起分享每天的小点滴。而这一切也都由原本我们相遇的街区，延伸到一些我们各自熟悉的街区，我们把这些自己熟悉画面在这些街区中拼接起来，成了一种纵向与横向的交汇，这种交汇有自己时间的年轮，也有街区变化的画面。

Yolanda再次远行了。不管走多远，她的脑海中始终保留着这座城市特有的风格。她带着这座城市给她的勇气在一个陌生的地方扎下根来，也让源自这座城市的风格与自己遇到的未知碰撞出更多的小确幸来。

这间杂货铺还在那里，现在又重新装修过了。Yolanda曾抱怨这里已经没有了她所钟爱的那些澳洲元素，但我们心中的杂货铺一直都在。因为在看似杂乱无序的时间里总是会滋生出一些意想不到的事情，构成那些我们不曾想到的奇妙相遇，可能这也是街区带来的一种难以言表的魅力吧。

弄堂里的JZ

音乐培训机构 ｜ JZ Music Centre

📍 上海市徐汇区武康路 280 弄 12 号

现在的武康路总会出现各色各样的游人，其中有些人是冲着那里的老建筑去的，有些人是冲着那里独具风格的店铺去的，还有些人是为了在这条路上寻觅老上海的气息，就好像在这里居住过的人和物，还会通过建筑时不时地出现，与他们来一场别样的对话。

拨开黄皮肤、白皮肤、黑皮肤的人群，拐过世界小学的路口，沿着一条小路走进去，在一个不起眼的、甚至有些残败的门口，挂着"JZ"的红字招牌。往门内望去，正在水龙头和石漏斗内洗菜的居民，让这里显得与街面外的场景截然不同。这里是日常的，也是生活的，其实爵士乐也应该是如此的吧。

爵士乐是一种来自美洲的乐种，现在我们所知道的爵士乐最早是由黑人奴隶吟唱的福音、拉格泰姆和布鲁斯演变而来的。那时从新奥尔良到纽约和芝加哥的黑人们，将他们所吟唱

LEARN TO CREATE MUSIC,
NOT JUST PLAY AN INSTRUMENT
我们教的是音乐，不是乐器

的乐曲带到了更远的地方，居住在大城市的白人作曲家在吸收了这些音乐元素和风格后进行再创作，使得爵士乐被更多的人所认识。

不过，爵士乐在上海风靡似乎要到20世纪20年代。那时的人们听到这样的音乐会产生一种兴奋中夹杂着些许小情愫的感觉。当时，上海众多摩登舞厅里都会演奏爵士乐。

其中有一家叫卡尔登咖啡馆的地方，在它"摇摇欲坠"的两层楼房里，曾出现过一位叫怀蒂·史密斯的鼓手，他是乐队的创始人，丹麦裔美国人。怀蒂的乐队是在卡尔登咖啡馆停留最久的乐队。卡尔登的老板拉杜尔在筹建这里时，便向怀蒂发出了邀请，1922年怀蒂带着他的乐队开始了他们在上海的爵士乐之旅。

当时对于大多数中国人来说，爵士乐是陌生的，这音乐只为西方人士所喜爱。但怀蒂却坚信"在这样国际化的都会里，有超过世界任何地方的俱乐部和咖啡馆"，这座城市还需要更多的娱乐，比如他所喜爱的爵士乐。

带着这样想法的怀蒂带着他的乐队离开了原来的"卡尔登"，他们的足迹遍布礼查饭店那著名的孔雀扒房，也辗转到过中国客人更多的大华饭店。怀蒂在来大华饭店听爵士乐的中国客人中设置了一列小型火车，这列火车开动的节奏正是随乐曲摇摆的节奏。客人们可以凭自己的感觉来摇晃身体，与乐队进行互动。细心的怀蒂还安排了机械猫在钢琴琴键上"走动"，让中国客人熟悉爵士乐的旋律。但怀蒂要让中国人接受和了解爵士乐的想法却总是难以实现。

正当怀蒂心灰意冷的时候，他的乐迷中有个外号叫"威廉将军"的中国军官给出了一个建议："为什么不将爵士乐与中国人的口味结合在一起呢？"经过几个月的改变，怀蒂的乐队将原本复杂的旋律变得简单，也加入了更多的中国元素，这样的改变逐渐为他们赢得了一些中国乐迷，也让爵士乐与上海这座城市有了更多的互动。

在1927年12月1日的大华饭店内，蒋介石和宋美龄的婚宴正在进行。随着怀蒂的一声"Here comes the bride"，乐队演奏

了一曲 *I'll be loving you always*，看着神情激动的新人，怀蒂的乐队再次演奏了一曲 *A love nest for two*。直到那一刻，现今早已被我们所熟知的爵士乐才被上海这座城市接纳。

爵士乐用它自己的方式通过鼓手怀蒂在这座城市架起了东方和西方之间的桥梁。时光继续流淌着，爵士乐依然萦绕在上海的夜空，那些原本只属于"老克勒"①的怀旧，成了今天年轻人感知城市包容度的"JZ"。

当这盏"JZ"的灯亮起时，里面飘出的乐曲声可以让人暂

---

① 从英语 old white-collar 来，多指有体面工作、讲究生活品质、有教养的中年职业人士。

时远离城市的钢筋水泥。可能有时我们的生活并不能因为爵士乐而改变,对每个人来说,生活的问题,无论在过去、现在、将来都会出现,但并不意味着我们从此就会不快乐。这样的快乐可以随着爵士乐的音调而随处存在着。

当弄堂里的教室内,有和那年来上海的怀蒂一样的爵士乐手在教授年轻的少年们;当已从复兴西路搬迁至下沉式广场的"JZ CLUB",依旧像当年的卡尔登咖啡馆那样每晚演奏着精妙绝伦的乐曲;当各色的灯光投射到舞台上,有一位黑人乐手,他演奏着早已改编过的旋律,演出结束后,他走下舞台,在人群不那么聚集的角落里,拿着一小杯酒,抿了抿,悄无声息地放在宽阔的木制扶手上,背上他的乐器,推开门,离去。此刻,他又会想到些什么呢?

桂花树下的流光漫影

咖啡馆 | 流光漫影 galley & coffee（已关闭）

📍 上海市徐汇区五原路250号

    这是一条两旁栽有梧桐树的小马路，很安静，没有不远处那几条马路那样的喧闹，它总是静悄悄的。但就算这样，这里也不断地被不同的人和他们所特有的性格熏陶，形成了自己特有

的文化气息。巴金、柯灵等名人都曾在这附近居住过，在这小马路上弄堂内淹没在满是爬山虎的围墙后的某座小楼，还曾居住过漫画人物三毛的"父亲"张乐平。

这些影响了几代人的文化人物，为这条马路留下了他们的痕迹。现在应该还会有文化人居住在这里吧。从让文艺青年们了解上海"风花雪月"的陈丹燕，到用音乐演绎中国风韵的谭盾，都会从这条路上经过。不过，经过这里的他们也应该和我们一样是生活化的，可能是出门拿熨烫好的衣服，可能也会被楼下烧饭的味道诱惑，更有可能从某个窗口瞥见经过这条小路的我们。

在这样一条路上，2014年诞生了一个叫"流光漫影"的地方，在它存在过的时间里，它连同它的那株桂花树，为五原路的气息增添了一些它的希望的小小浪花。流光漫影的存在支撑起了它背后所思考的问题：日常生活的美学是如何实践的？

　　在我们司空见惯的生活中，充斥着日复一日的行为，每日的起居、上班、吃饭、购物等。在城市这样密集的住宅区、菜市场、商业街等地方，每个人都随时可以触摸、遭遇这些空间。可稠密的人流将空间变成了一座监狱，每一次摩肩接踵也变成了一种负担。"流光漫影"就在这样一种状态中出现，通过这里黄色的门，进入的是一幢脱胎于20世纪30年代左右的房屋，只要抬头便可以看到时间在屋子里留下的印迹。这里千方百计保留下来的是关于周遭、关于感官所残留下来的那些东西所组成的日常。

　　"流光漫影"的独特在于通过呈列把这些残留下来的东西变成另一种赏心悦目。记得有一年诗歌岛组织暑假的行走，"流光漫影"成了这次行走的终点。沿着高楼和稠密的人群一路走来，在一条条纵横变化着的街道上，有人感慨，有人惊讶，也有人只是想找寻过去停留的点滴记忆。在拐过五原路的第一棵梧桐树后，场景变得不那么地快速。

　　在"流光漫影"里，这群人零零散散地坐着，拿着诗歌岛的扇子扇着，试图将酷暑的炙热扇去，有人提议将这次的沿途感想写在扇子上，众人纷纷响应起来。各种体悟、各种思绪都一一变成了一行行的文字。有多久没有这样郑重其事地写字了，在这个总是透过表层来影响我们身体、心境和想法的时代中，那些有关吃喝玩乐的事物，构成了我们依附于这个世界上的最琐碎的东西,而这些东西在那个时段就成了我们所写下的只言片语。

当下的生活早已出现了现实和网络两种纬度,在现实中我们渴望逃离日常的藩篱,在网络里观看另一个空间里的演出。或许多年之后,这些在现实里所写的只言片语会如同影像般流逝,或是随着碎片化的信息堆积在网络世界中。

"人不必去那遥远的地方也可以发现美",我们大多数城市中的人,可能并未真正了解过我们所在的城市,更不用说探究自己和这座城市的关系了。在"流光漫影"里,出现过一只小狗,它焦虑地徘徊在那里,来来回回地踱步。或坐在门槛的石板上,它若有所思地张望着,可能在寻找健忘的主人。两只麻雀落在一旁的青砖上,津津有味地啄着桂花树的果实。

每个人都在写一本意识流小说,汇集成裹挟着我们日常生活的洪流。我们阅读着在我们生活中路过的人物和他们的命运,这些人物的命运也会成为推进小说情节进展的素材。在我们每个人的心灵中都会有个"流光漫影"存在,它脆弱而坚强,包容又敏感,笃定且从容地与这个城市交汇自己的个性和情感。

无用的1984

书店 ｜ 1984 BOOK STORE

📍 上海市徐汇区湖南路11号

　　在这个不能扩宽道路的区域里，有这样一个好去处，它隐藏在一个很平常的黑色铁门后头。昏黄的灯光伴着铁门的吱呀声提示着每个来到这里的人：你们正在走入一个时光静止的空间。不像别处那些引人注目的门面，这里的门面经常将人"忽悠"过去，曾有人说"这个门真的不引人注目，很容易错过"，可真正错过的只有一个"1984"么？

　　说起这个名字，是有一段故事的，想必奥威尔

的小说对于这里的主人是有一定影响力的。这位出生于印度的英国人,有着他那个时代中产阶级的经历。他在缅甸做过一段时间的警察,当他怀揣着出书的梦想寄居在伦敦朋友费尔兹的家中时,会经常换上破衣服跑到贫民区,他装扮成一个流浪汉,混迹于水手、无业游民中。

这位作家似乎与大都市十分有缘,他还曾在巴黎的波托贝洛路跟一名傲慢的女子住在一起。富人和穷人在那里比邻而居,这样的场景影响着奥威尔,让他继续"流浪",直至《巴黎伦敦落魄记》出版。这本他早期的作品,更像是一部纪实的旅行指南,里面充满了街头巷尾的市井气息。奥威尔在书里展示了都市生活的另一面,一个梦想与欲望交织下的阴影面,一个大家都会刻意规避的灰暗地带。

完成这部流浪作品后,奥威尔又去做搬鱼的工作。1931年他突发奇想,要在圣诞节去体验一下牢狱生活,在一家酒吧喝醉后,沿着大街蹒跚而行的他被警察发现并关进了贝斯诺格林警察局,这一夜的经历出现在他那部著名作品《1984》中。奥威尔将身边他所熟知的或自身体验的人与地方都收进了他的作品。

奥威尔用写作来找寻他自己内心的"自性",他用《1984》来发表自己的寓言。在这里的"1984",我们则在寻找我们的"自性",不同的城市,却是一样的生活。奥威尔的"流浪"在这里变成了一种时光的挥霍,吱呀作响的地板,斑驳的、不时会落

墙灰的墙面,还有院落中自由开花结果的橘树以及时不时会出现的壁虎。相较周遭的区域,这里是破旧的,也可以说是一种野生的自然状态。

眼前的一排书墙提醒着来人,这里是个暂时躲藏的好去处。生活不只是围绕着各种大大小小的屏幕,还应该有另一种自我的沉淀。哪怕这样的沉淀在今天这个城市,这个时间显得不合时宜,也应该被尊重,也应该可以在这样的野生的院子里面被提倡,如同转眼瞥到的墙上隐秘于稀薄的爬山虎内的"1984"字样。当生活的琐碎逐渐覆盖了我们的"自性",是需要一个出口来喘息和平复的,哪怕这个出口处只有昏黄的灯光和不起眼的黑色铁门。

望着茶几上的玻璃烟缸,不知道上一个或上上一个来人在这里谈论了什么。一旁水缸里的那只不断滑动的乌龟如果可以说话的话,一定会告诉之后的来人原来这里曾经的谈话,但它只能划着缸内的水,溅起一点它能溅起的水花。其实,我们中的绝大多数人在生活中所能够做到的也是一样的,但在这段属于"1984"的时光里,却可以放纵一下思绪,等待生活的继续进流,不管是向上的蹦跶,还是往下的倾泻,看似无用的"1984",都在。

慢
记
三

城市会记住这些
在历史长河中
灵光乍现的时刻。

第一百货里的光之海

书店　｜　光海书局

📍 上海市黄浦区南京东路830号第一百货商业中心A馆8F

　　阳光透过落地玻璃窗洒在地板上，抬头望去，会看到中式门廊、中式围栏，还有不远处的人民广场——这里是南京路步行街的最西端，在这幢建筑里有一家书店叫作光海书局。这里摩登的装饰艺术风格，加上拱状的窗格，形成了一种旧景换新颜的感觉。

　　拱形的光投射到了这里的任何一个地方，不管你在哪个角落，都可以瞥见光的轮廓。而有些地方钨丝灯的光照又将复古光线再度演绎成另一种颇具现代感的美丽，这里原本就

有着老上海的风情，摇曳着的灯光将这个特别的舞台烘托出来。不管是在这里做香气沙龙，或是在弧形区域举行分享活动，场景中的那些人都仿佛在上演一场年代戏。

有人说上海是个充满了美妙矛盾和奇异反差的地方：它有时很大气，有时很虚荣，却时不时流露出高雅。在这一幅广阔壮丽而又斑驳陆离的长卷里，中国与外国的礼仪和道德相互碰撞，东西方各自最好的与最坏的都会在这里交融。

这样的交融变幻出两种不同的空间来，让城市具有一种举世无双的"兼容"。每当我们想起上海五彩斑斓的生活场景时，南京路总是一个不能绕开的字眼，这个字眼是许多人心中的绝对经典，也是上海开埠后最早建立的商业街。

在"南京路"这一字眼的背后，很多时候还能体味出上海人传统的优点：做事细致敬业，遵守规则，公共和私有界限清楚以及长久以来被西方都市生活所影响而滋生的对时尚的追求，同时又精打细算，讲究高品质、好"卖相"。久而久之，这里引领了全国的时尚潮流。

很少有人知道，这里最初不过是黄浦江边一条东西向的田间小径，因为是外滩航运贸易区和花园赛马休闲区的主要交通便道，1862年起被称为"南京路"。这一称呼背后有着中西文化的碰撞和交融，也有着近代上海商业发展的缩影。当时几乎上海所有最主要的百货都选择在这里开业。这里也从原来的一条仅用来为邻近小河浜停泊小船、装卸生活物资的田间通路，演变成了当时英租界的中心。

附近的跑马厅是当时英国侨民们生活娱乐和社交的重要场所，南京路的外围很快成了洋行的聚集地。这里还有华人的住宅与商号，有资料显示，南京路上的华人商店很早就参与了外国人的圣诞节橱窗展示。当时的报纸记者还曾将华人商店的橱窗与洋行相提并论。在得名30年后，南京路被纳入了华人的生活圈。

历经了金属、日用品、浴堂等的退出之后，南京路逐渐变成了一种注重装饰、现代时尚的代名词，而这种风气的养成让它逐步拥有了都会商业的影子，也逐渐开始缔造城市的商业文化和氛围。

南京路的繁华从华丽的百货公司陆续开张开始，20世纪10年代中后期先施、永安公司先后开业，从此百货业成为南京路的具体代表。1936年，大新公司在南京路的最西端正式开张。作

为老上海"四大(百货)公司"之一,大新公司由澳大利亚华侨蔡昌创办,这里有国内第一部自动扶梯,在当时,这样的电子机器引发了轰动,大新也变得名声大噪。其后,大新公司改为上海第一百货商店。

现在这里依旧保留着大新公司的外貌,它在开张后就有展厅举办艺术展览。在这个展厅里举办过350场艺术展和义卖会,诞生不到5年的光海书局也延续着曾经"大新书画厅"的艺术追求。光海书局重视文化与经营,它用一种自己的方式将沉浸式的体验,从静止的物件延续到走动的人、流动的音符以及飘香的气味上。

这里依旧是"十里洋场"的南京路,经历了东西方之间在社会和空间上接触与竞争的长期适应过程后，成为了中国第一商业街。虽然这里曾经是租界，但在这里的国人从未丧失过自己的主体意识。

南京路上的建筑有很多是洋人建造的，但中国人在这里也有不少的杰作，正如眼前的第一百货这样的建筑，就能够表现国人对西方文化从鄙夷和好奇，到欣赏与模仿，再到提炼和融合的态度转变。在这一过程中，逐渐形成了本土化的文化，也形成了如今人们对这里的观感。

光海书局的阳光与灯光中，有位分享者在诉说外滩的历史。在听众中有位饱经沧桑的老人，她诉说着自己原来就住在这一带，每次来这里都会想起儿时的日子来。也有来上海学习的年轻人，他们说自己也看过老上海题材的电影，听过那些风花雪月的事。当然最让人铭记的那些场景都还在，但人的记忆使这里有了不一样的风景。窗外的阳光透过落地窗洒了进来，随着时间而流动的光影，再次将这种记忆变成了另一种节奏。

今日,只谈风月

西餐馆 | THE PRESS（申报馆店）

📍 上海市黄浦区汉口路309号申报馆1楼A1-03

　　白色冷光的简单线条勾勒出这里的"言简意赅"，似乎只需要一点点的亮光就能将这铭刻在石板内的被岁月熏黑的三个字"申报馆"照亮，照亮的一瞬间让人感受到了一种凝重。《申报》

是一份有百余年历史的报纸,从英国人美查创办开始,这份报纸便与城市的呼吸有了一种长时间的关联。

这份报纸的报名与这座城市是一致的,同为一个"申"字,可报名的诞生还有这样一段小插曲。一般来说一份报纸的创办人总是希望将自己的报纸冠上当地的地名,这样一看便知这是哪个地方的报纸。美查自然也是这样想的,可他并没有找到报纸的理想名字。有次,他从徐家汇去闵行的路上,沿途经过一个叫春申桥的地方,桥下曾有一座春申君的庙宇,庙旁还曾有一座纪念春申夫人的庵堂,美查察觉了这个在上海民间有着深远影响的字"申",于是自己的报纸也有了名称。《申报》就这样与这片土地有了一种联结。

研究它,就是在研究近代发生的一幕幕,它记载了很多历史,也因由它诞生了许多人物。当年《申报》的创始人美查邀请到定居在沪北吴淞江滨淞隐庐的王韬做编辑,那年王韬56岁,这位流亡了22年的晚清文人得以在他阔别了半生的上海,继续自己的笔耕之旅。他将自己二十多年来"所见所闻可惊可愕"的事情写了下来,这些文字出现在了申报发行的《画报》上,虽在当时还是文言笔记形式的单篇连载,却也对那个时代乃至后来文人们的小说有着不可言喻的影响。当然这些文字早已离我们远去,其所留下的印记也变成了"申报馆"那三个字里的一点尘埃。

"申报馆"几个大字下，是THE PRESS的字眼，它的名字来源于"ESPRESSO"里面的"PRESS"。这家由毕业于20世纪80年代的复旦校友们所创办的咖啡馆，保留着这里百年来的老照片。在这些至今高挂墙壁之上的老照片旁边，是原来的那个雕花穹顶。这是个吸引人的穹顶，可能在欧洲并不罕见，但在上海这确实是个让人惊喜的意外，当初有多少人因为这个穹顶而踏入这里，喝一杯咖啡，试图与穹顶所见证过的那些个人、事、物打个他们自己认可的照面。

但复旦学子的80年代依旧在这里延续着，那是一个自由而不羁的时代。那时候校园里应该洋溢着诗歌的味道，在这样的味道下，也许很多人的大学时代是被诗歌占据的，以至于写诗在一些人的眼中是一种幸福。几乎每个同学的床头都会放一本或几本诗集，在那些至今珍藏着的私人手册上，抄写的是自己喜爱的诗篇；存在于相辉堂和那个"3108"阶梯教室的诗歌朗诵会，将这群复旦诗人们变成了那个时代备受宠爱的校园焦点。

当这些曾经的复旦诗人们再一次在THE PRESS朗诵起那些包含着他们曾经记忆的诗歌时,那个所有诗人梦想中的时代,就变得不再遥远。这段日子透过字里行间散发出能量和光,他们应该会怀念那种一碰面就把新写的作品递给对方的校园生活,也应该会怀念台下少女们的如痴如醉。在如今这个物质早已不匮乏的年代,这里依旧是他们心灵的栖息地。二楼时常会亮起"只谈风月"四个字,伴着组成它的彩色灯管跳跃着。这跳跃唤醒了散落的泛黄的报纸版面。如今,它们被小心翼翼地收集在画框里。在杯盏之间,完成了另一种奇妙的碰撞。

再次来到这里时,正处于外滩行走中,当嘉宾再度为大家讲述起史量才的《申报》故事时,报馆内的学生拍摄者按下了

快门。一张与时间延续重叠的照片出现了：窗外听着故事的读者们，窗内等待着孙辈婚礼开始的老者，还有窗下方的那句出自史量才的"国有国格，报有报格"。这何尝不是一种让这里保持丰富的最好的方式，这种丰富隐匿于街头巷尾和人间烟火之中。这里没有变，只不过成了更多人心中最美好的时光片段。

三代人的"东海"

咖啡馆 | 东海咖啡馆

📍 上海市黄浦区滇池路 110 号

"那个时候,我们要吃中饭,可以下个楼,吃个牛排,然后再签个单就好了。"每次外公神采飞扬地说起这句话,他那充满皱纹的眼角里都会透出一丝光亮来。老人年纪大了,这些记忆可能是模糊的,也可能是道听途说的。那些年外公可能仅是一名年轻的学徒,并不能在那餐后的单子上签上自己的名字。是何种原因让外公在他八十多岁回忆往事时,依旧保留着这些简短却又清晰的印象?

外公这一代的老人历经了很多事情,也见识过很多纷乱。对于德大西菜社,从它诞生的那一刻开始就成为了很多人记忆中挥之不去的起点。这种记忆的起点会被某些具象的物品所占据,经过时间的洗刷,变成某种生活中的小习惯,继续影响着下一代,乃至一整个家庭。

"柠檬攀"就是这样一种食品。它是外公嘴里的吃食,也是

我记忆里的点心之一，这个吃食让外公的记忆与我的记忆重合了。这种叫作"攀"的甜点，源自意大利，它不像张爱玲笔下的"冰糕"或者"别士忌"那样广为人知，但却成了外公心中对德大西菜社的一种念想。

"柠檬攀"在家里属于温馨的一刻，每每有这个吃食的时候，休憩的家里人就会聚拢来。直到有一天，两手空空的外公失落地推开了房门，"他们说没有柠檬攀了，老师傅们都退休了，有些已经离去了，没人会做了。年轻人也不会这个做法，看来我再也吃不到柠檬攀了"。这语气流露着一种对他所熟知的时代远去的遗憾。时间从来都是来不及让人细细回味的，一瞬间就会将那些熟悉的东西变得面目全非，留给其中还在跟着原有节奏的人的，是无尽的惆怅和思念。

没有"柠檬攀"的日子里，外公有些落寞，但外婆还在他身边，把每一天都过得琐碎而充实。他很幸运，因为外婆还会时不时地听他啰唆一些早就不复存在的属于他们那代人的东西。他们俩是一辈人，外婆总是可以理解他的。

不久后的某一天，外公不知什么原因，想去东海咖啡馆喝一杯咖啡，拨出东海的电话号码后，电话那头是"嘟、嘟"的声响，最后成了无人接听的沉默，东海关门了。这家咖啡馆不在了。随着那些远去的味道，之后外公也随着这些去了，他没有等来自己想吃的那个"柠檬攀"。

　　城市依旧在，继续着这里的灯火阑珊。层出不穷的网红店，去了又来，来了又去，但能够变成经典的，少之又少。停在记忆里的味道，不是随随便便就能找回的。不过，城市里能容纳的味道越来越多了，这里还是那个魔都，一个包容万千的地方。

　　在滇池路上悄悄地挂出了一块小牌子，行色匆匆时瞥见五个字"东海咖啡馆"。"东海又要开了！"回家还没来得及关上门的我嚷嚷着。里间的外婆激动了起来，"又开出来了呀？！"语气有些半信半疑，好吧，看来只能让食物来说话了，我暗自默念着。

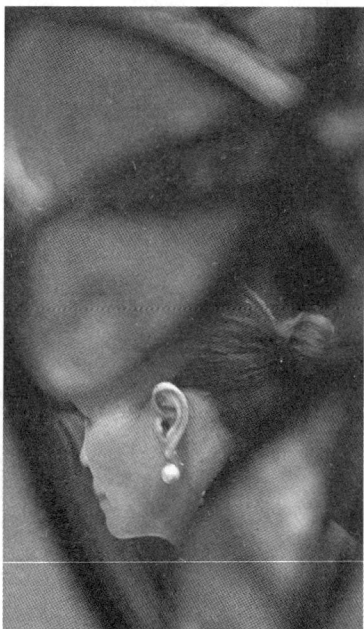

现在的东海咖啡馆属于德大西菜社,在等待了12年后,我又在这个熟悉的地方见到了它。这里是属于那个年代的"星巴克",可能人们在这里喝的不是咖啡的味道,而是那种对老上海的怀念和对那个时代情调的温习。

无意中,我走进了新的东海咖啡馆,"能不能拿一只柠檬攀?"我抬起头看着玻璃中的那个标着熟悉名字的标签,想象着外公买柠檬攀时会用哪种语气和店员说话,也想象着以前父亲那一代人去东海喝一杯咖啡的画面。

如今我站在这里,望着这些儿时记忆中的名字,内心涌来一阵阵的惊喜,三个不同时空的有血缘的人好像在这里又见面了。拿起店员打包好的纸盒子走下三层台阶的时候,我又想起了外公。天上的外公应该也会特别开心,因为他所喜欢的西点再度出现在了家里的餐桌上。我的记忆被又一次触摸,伴随着淡淡的柠檬香。

红砖楼里的"自然之美"

艺术展览馆 ｜ 宝吉祥艺术中心

📍 上海市黄浦区圆明园路115号101–103、201–203单元

150多年前，这里诞生了中国第一座西式剧院，那群居住在这里的英国侨民成立了一个叫A.D.C的剧团。在这里，他们演了4年，而他们演出地的名字"兰心"直至今日依旧被这座城市的人时不时地提及。

城市会记住这些在历史长河中灵光乍现的时刻。而这个地方从1846年开始便成了商业贸易、金融机构、宗教机构和文化机构的聚集地。今天沿着圆明园路、滇池路、南苏州路一带步行，从残损的印记中还能找到那个时代细微的影子。

有学者把这里，也就是外滩源，叫作"近代上海城市公共空间形成的源头"；对那些"老上海"而言，这里是他们熟悉的"冒险家乐园"；对行人来说，这里的建筑就是他们眼中最能够记住的城市形象。殊不知，这些建筑是被一群群、一代代居住在里面的人晕染成了现在这模样的。不过更多的时候，这些被人们记

起名字的楼房却因为不同
的功能，孕育出了新的文化
方式。

在外滩源的众多建筑
里，圆明园公寓可以算是
位"百岁老人"了。它与南
侧的安培洋行和美丰洋行
都用了沉重的砖墙和木梁
的砖木混合结构，而不远处
的滇池路上还有它的"姊
妹"，这个经常会吸引行人
停留驻足的美丽转角成了
这幢安妮女王式大楼的不
寻常的窗口。百余年前，转角的楼房曾是一家出口中国茶叶与
丝绸的洋行，现在这个转角处依旧卖着茶叶，从依稀可见的泛着
霉味的石膏装饰里，还能望见桑叶和蝉蛹。

相比那个转角独自敞亮的街角灯光，隐蔽在一排各色建筑
中的圆明园公寓显得更加低调。可能是这里安妮女王风格的典
雅，吸引了宝吉祥艺术中心（简称"宝吉祥"）的创始人颜女士，
从制作珠宝起家的她感受到了这里独特的建筑风格，把宝吉祥
的艺术中心放在了这幢楼房里。不过，这并不是她头一次对故

土产生怜惜与感知,她曾将自己收藏了近40年的云南关公庙前的天师大炉捐赠给云南省博物馆。这个大炉因遭遇了当年日军的轰炸而埋入了土地,无意间的一次遇见后,颜女士将它保护起来,等待有一天它能够回归那片属于它的地方。

宝吉祥选择了这里作为它在中山东一路以外的另一个办公地。只不过这个场所并不是用来摆放他们的珠宝,这里呈现的是色彩与线条的艺术。整个空间运用了简约、纯粹的白色来装饰。这样的简约不仅是为了凸显圆明园公寓的外观与它的厚重历史,也可以让来到这里的人感受空间上的不同。这里的空间被定义为"另一个宁静的世界"。在这个宁静的世界里,艺术品会展现其本身的光芒,在这光芒背后是一个又一个宝吉祥所选中的"寻求独特的纯粹的艺术家"。

与这里的相识源自日本书法家井上有一的作品。与朋友相见时的一次不经意的谈话,使我得知了这个陌生的名字,喜好书法的朋友两眼中发出光亮:"这是个值得一看的展!"叫上另

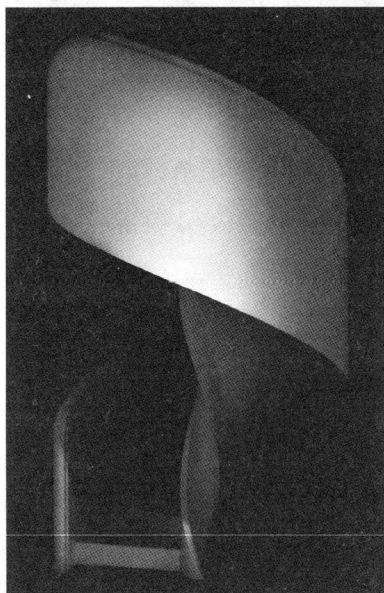

外一个友人,我们一行三人来到了圆明园公寓。这次拜访并没有成功,但值得一看的东西会有一种魔力,吸引着你再度朝它走来。第二次到访时,我终于见到了井上的作品。这个白天教书、晚上创作的书法家,据说在生前从未卖出过画作。在他的作品中,那种气势磅礴的流动线条下所携带的意境,是一种对存在于世间流派的"破"。他应该是孤傲的,也应该是奔放不羁的。

从自己平常的生活中提炼出书法创作的感悟,一直是井上引以为傲的地方,生活的诸多磨砺,打磨着他的灵魂,也成就了他的作品。在这白色空间内,他作品中那些强劲而庞大的黑色字迹,透露着一种用生命来体会的感悟。这样的感悟给予井上有一的是人生每个阶段的不同的力量,这力量也沉浸在这看似并不算太大的空间内。这些作品展现了他生命的流淌。这流淌的字迹告诉人们:生命的苦行、日常的琐碎也会因为时间变成一种力量。

倘若宝吉祥只有这样苦涩的力量,那也就太单调乏味了。这里还有将身边事物感知和领悟变成色彩的自娱自乐的蔡玉叶。这个从50岁开始绘画的女子,并未受过正统的美术训练,仅仅为了摆脱之前生活的枷锁,心里的绚丽色彩犹如一束光把宝吉祥白色的空间变成了一座"花园"。"花园"中是蔡玉叶根据自己脑海中所出现的景象绘制的画作,她在告诉有幸看到这些画作的人,生命有无限种可能,每个人只有打破自己内心的枷锁,才可以在自己希望的"花园"里享受阳光,同时也给予别人光芒和力量。

艺术让城市得以被称为家,就算A.D.C早已不复存在,艺术也继续滋润这个城市。它的姿态从未变得老旧,而是与建筑空间一样在不同的时代展现一种与之相匹配的风韵,宝吉祥继续着A.D.C的艺术普及之旅,希望这一次不是4年,而可以在细水长流中孕育出时间累积的力量。

"文创里"：流动的集市摊

文创书店 ｜ BFC 文创里

⚲ 上海市黄浦区中山东二路 600 号 BFC 外滩金融中心北区 B1、B2

　　这里原本也有过一些石库门的弄堂建筑，大概在 2017 年的时候，BFC 文创里便成了现在这个模样。这里也是外滩的一部分，只是它并不只是石头与历史的堆砌。现在文创里所在的区域更多的是一种对外滩风韵的回应。

　　因为"微阅读·行走"外滩系列的活动，我们得以踏入这个与外滩原有气质不太一致的"尾巴"。这是一个巨大的公共空间，而这个空间将外滩地区的"水岸城市生活"延续下来，也让这里演变为一个除了工作以外的"艺术文化"场域。

　　这个场域从抬头就可以见到的那个由无数根铜管排列而成的复星艺术中心开始。这是一个奇怪的建筑，它的外观与传统上外滩的建筑很不一样，当"微阅读·行走"的嘉宾向读者们介绍这个建筑时，提到了它顶层的架空。有着建筑专业背景的他解释道，这样的建筑风格其实是建筑师为了回应上海夏季

闷热冬季湿冷的遮蔽感而特意为之的，这也让建筑与这块土地有了另一种连接。在艺术中心不远处可以看到BFC文创里的牌子，沿着自动扶梯便能轻而易举地发现位于地下的"文创里"。

"文创里"与艺术中心组成了一个生活化的"市集摊"，艺术不再是高高在上的存在，而是成了生活中的一部分。这片场域也提供了更多的活动形式，这样的活动形式也让商业空间透露出一种不一样的气息来，这种气息可以呈现各种社会性的价值。当我们的嘉宾在文创里的展演空间内展现全新的概念或者认知时，读者们的反馈与参与变成了一种流动的交融，这种交融应该就是这处建筑希望营造的一种全新的现代式美好。

外滩是一个存在大量折中主义建筑的区域，"文创里"成为折中风格的终点。这里的建筑，从外观上看，延续了哥特式的建筑风格——竖向线条。这种对"高"的理解和追求让这里通过现代的建筑语言做了一种西方建筑的尝试。这种尝试也在延续着外滩这一区域的建筑语言。

外滩风貌保护区要求所有的外滩建筑物都必须以石材作为建筑的立面。设计BFC这个区域的建筑师们不仅对石材有所研究，还运用了铜和铝的材料来展示外滩在20世纪的风华。这里的石材延续着外滩的经典，而铜和铝则是对这里自身性格的直观体现。当代的建筑师试图从历史中寻找某种相关的线索，使他们设计的建筑可以延续某种历史脉络，也让这里与外滩本身的气质相契合。

当玻璃取代了传统的砖木，外滩建筑也由石头的语言进入了玻璃与金属材料的语言中。不过在这里，外滩的高贵和摩登依旧继续着，特别是摩登。这里用了现代的手法让人意识到更加生活化的转变：你可以选择在这里的一家铺子里体验一个属于你的玩偶聚会，也能够在某家面食店体验一下葱油拌面的味道，当然如果有一碗猪油清汤配面就更不错了。

"微阅读·行走"的嘉宾曾与我们提及，当想起亚洲的城市时，可能大家的第一反应并不是建筑，也不是文化，而是直接与我们生活产生关联的物品。宋代的《清明上河图》就对城市生活有了一个艺术化的呈现，这样的呈现其实是作者对生活本身的一种直观感受。

在这样一个近似集市的场域内,美术馆、夜市、艺术家表演场、文创商店参差其中,这就是都会生活的景象,一种形式进化了的烟火气。这样的生活场景让人获得新的感知,而在这样的感知里,建筑也充满了新的表达。

如果幸运的话,遇到复星艺术中心外立面"木墙"的转动时刻,便可以欣赏到这个建筑外立面的有序运动。这样的运动有些像幕布也有些像流苏,它拉开了一种新的生活节奏,而这样的节奏取决于这片场景里的每一个铺子,还有在这里的你、我、他。

慢
记
四

透过实木窗向外望去，
行人还是熙熙攘攘地不停歇，
一如当年。

钟书阁的"镜厅"

书店 | 钟书阁（芮欧百货店）

📍 上海市静安区南京西路1601号芮欧百货4层

临近冬日的一个下午，被微信上一个读书群的线下活动吸引了。按这个读书群的规矩，每次聚会的参与者都必须在一个月内读完一本群主指定的书，每个参与者都要带着自己的问题

和读书感悟聚在一起来一场头脑风暴。带着对这些隐藏于繁忙生活却又憧憬精神养料而自我约束的人的敬佩和好奇，我也厚着脸皮挤进了这次聚会。

来到芮欧百货的四楼前，从自动扶梯上就能瞄到一块不加修饰的深色原木，上面三个平整浑厚的大字"钟书阁"。对比周遭大量的品牌专柜和偶尔会出现的几只铂金包，似乎这里才是不变的风景。越过门匾，就是书店了。带着内心的某种期盼，我走进了这家存在于闹市高楼里的书店。迎接我的是一种带有未来感的气息。看了看手表，聚会的时间到了，询问店员后，我被带到了一间屋子里。

大多数书友们都到了，带头的是个浓眉大眼的大高个子，他让大伙儿围坐在桌边。这屋子并不算宽敞，但墙与天花板之间的四个镜面，加上白色灯光所投射出的光亮，使这间屋子变得明快起来。四个镜面里围着桌子的众人也越发立体起来，一颦一笑出现在镜子里，成了眼中的景，是那样的不经意。

在随后的两个多小时中，书友们相互谈论着自己的感悟，遗憾的是谈论的书名和内容已经被遗忘在记忆之海中，可有些人却从此有了联结。

来自H市的Y和来自Z市的S，这两人都是爱书之人。Y是个可爱的女孩，有个和乐的家庭，虽父母不在身边，但她却总能与他们保持良好的互动。有时透过她与姐妹们孩子的嬉闹，能

够看到这个调皮、包容的小姨的另一面。有时孩子突如其来的视频通话会将我们的聊天打断，不过每当她说出"抱歉"两字时，脸上所呈现的幸福感，会让身边的人深受感染。爱书的人会憧憬成为一名编辑，Y也是，她说编辑是文字的魔术师，靠"爬格子"来编织爱书人的"梦"。

我至今还记得她为自己编辑的第一本书选封面时的情景，"你可以看看我这里的三张图片吗？"压抑着兴奋的Y用她认为镇定的语句，小心翼翼地问我。打开图片，都是女性的插图，图片简约中略带些线条感，勾勒出女子的童花头和略显浓密的翘睫毛。最后她选择了有两个女性形象的插图来呼应那本她编辑的书的书名，这插图也正是我第一眼所喜欢的，像极了在这座都市中生活的我们俩。

相较于Y的舒展，S有种超越他年龄段的怜悯之心，书生般的脸上有着不合时宜的稚气。他有一种在文字中寻找生活意义的决心，即便迫于生计搬去了偏远的地方居住，他也会抽出休息日的一天"进城"会友、淘书。记得他是一个在炎炎夏日为听一本好书分享而早起赶场的人。

Y和S都是在城市中求生存的年轻一族，不在意居住环境的好坏，也会通过合租来缓解生活在"魔都"的成本。但对于精神食粮的"贪婪"，让他们时刻保持着精神的丰盈。离开"魔都"北上继续追梦的Y，会在电话中给我听新室友们唱歌的声音,一群女生保有本真的洒脱与烂漫,追逐着各自的梦。

"我会熬过北方的寒冬,等待来年花朵的再次盛开!"面对南方父母的关心,Y总是如此回答。她依旧热爱读书,带着她特有的执着,面朝着自己心中的诗和远方。虽然那日钟书阁里的众人已成往昔的记忆,但他们的确都有着各自的欢喜,各自的跌宕,各自的辗转。在这里只留下了一个个爱书的模样,一个个难忘的时刻。

望着门边那本《我是猫》,想起了当时的那个浓眉大眼的高个子。他好像喜欢猫,只是苦于整日工作繁忙无暇照料,养猫计划只能暂时搁浅。听说他回到了自己在海边的家乡,自嘲不看书的他,还在深夜看起了文艺片,地板上趴着一只乖巧的狸花猫。

我们的常德"三分钟"

书店 | 千彩书坊

📍 上海市静安区常德路195-3号常德公寓底商

　　"张爱玲"这个名字,我最早是听忘年交JANE说的。JANE
出生在上海,做过工厂的雇员,还曾趁着20世纪80年代末出国
潮闯荡美利坚。可能因为从小居住于旧时的租界地区,比较能

够在上海地域文化中找寻一点"洋"元素,这样的"洋"元素也让她能够在回上海后,经常寻找自己的都会文艺。她的微信头像也恰好印证了她对这种时代文艺的怀念,以至于有机会她便会来到千彩书坊,哪怕仅仅是驻足看一眼,抑或是喝一杯咖啡。

"千彩"像极了常德公寓里的"门房",守护着这座现代装饰风格的大楼,也守护着像JANE一样的人们对于曾在这儿停留过的女作家张爱玲的一段记忆。张爱玲好像有个癖好,在一个地方居住一段时间后就会搬去一个新的地方,因此她在常德公寓停留的时间并不长。这位单凭借出身就很具话题性的女子,在上海最为摩登的生活圈中过活,在圣玛丽亚女校读书,在校办过女性杂志,放学后会去买蝴蝶酥,也会尝试一下"冰糕",这是小资文艺女子的标配生活。

文艺女子都喜欢"发表意见",张爱玲的发表方式应该就是写作吧,虽然她的写作是为了获得对等的金钱或物质来支撑她的生活。看看她儿时的回忆,她的教书先生说"做文章,开头一定要好","经过一定要好",那"中间"自然也是"一定要好"的。为此她应该会是痛苦的,中学时代她创作的小说鲜有符合先生要求的。如果那时的她就能够自信一些,那么众多的读者会不会有幸看到更多她所留下的文字呢?

读过的她的作品不多,脑海中却留下了那些名字:"顾先生""麦姆生太太"……可能这证明了她本身的阶层和其眼中都会生活圈的优渥,字里行间的都会摩登也让人产生一种憧憬。她的作品也有对于人情冷暖的直接表述,作品中的人情世故更是引人深思,也让她的内心世界不断地被人揣测。

看电影、吃西点、说洋文的女性就是那时都会的具象代言人,她也用文字编织起了一个纸上城市。在这样一座虚幻与现实可以彼此对话的城市中,她真实地生活过,恋爱过,逃离过,也恐惧过。我们找寻过电影院里的售票亭,试图与那个时代的白俄罗斯女售票员来个意料之中、情理之外的"四目相对",哪怕是过个眼瘾也是合算的。在如今百乐门依旧霓虹闪烁的时候,我们找寻过那个"夜上海"的舞会散场。

而在"千彩",当看着这个传奇女作家笔下的作品时,这里瞬间被赋予了一种联想。透过实木窗向外望去,行人还是熙熙攘攘地不停歇,一如当年。时有的迷离,让人感觉从那个时代穿越而来的"某位"先生和"某位"小姐,就是坐在面前喝着茶交谈的两位,也可能是匆忙掠过眼帘的一对挽着手的情人。

收回远望的视线环看书坊内,身着西服、戴着金丝边眼镜的男子,低头看着书,不知他是特意如此打扮、前来"朝圣"的,还是一贯如此的风格。他将自己融入了"千彩"的画面中,抬头看看墙壁上悬挂着的张爱玲《小团圆》的一段手稿,她的文字、她的思绪,道尽了别人想说却无处说的话,文字间的冷暖也能够被时刻抽离。

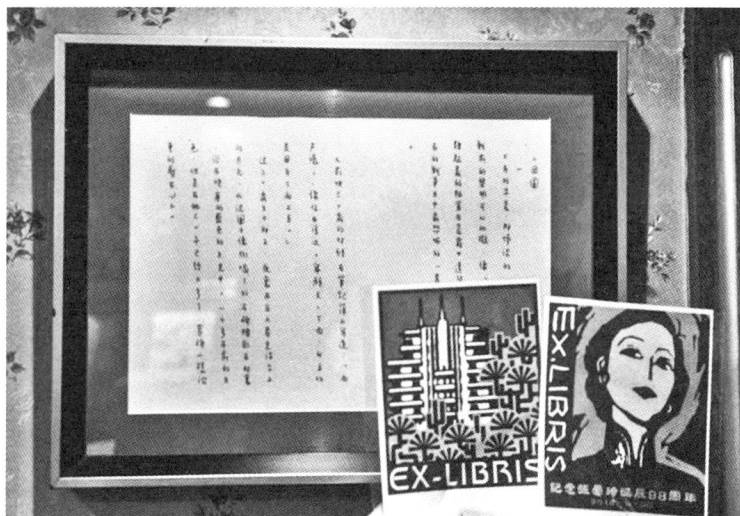

　　细看下，张爱玲的文字犹如还在缓缓爬行的"虱子"，爬过了这岁月匆匆，爬过了这地域重重，爬上了白纸，也爬进了阅读者的心头。

　　柜台前有一组以张爱玲形象和常德公寓为背景的藏书票，这是为了纪念她的诞辰98周年。拿起这组藏书票端详一番，经典的旗袍加上烫作云片状的头发，身后是蓝天下的常德公寓。

　　这组藏书票仿佛是常德公寓的钥匙，拿着它，便能在千彩书坊内寻得一个时空的位置。下一秒，一位身材高挑的女子，正推开常德底楼的一扇玻璃门，不紧不慢地走出来。她瞥了一眼门房，不经意地看了一眼那组"钥匙"，内心默默念叨着：怎么会有我公寓的钥匙？

这个买手，不太冷

服饰鞋包店 ｜ REGALO 礼物

📍 上海市静安区愚园路 1284 号

就在这里，我遇到过一个意大利，不过，很遗憾，我并没有去过那里。那里对我来说仅存在于有限的文字、电影里，但仅凭借这些，我似乎就能够感知些许。

早些时日，无意中收获了《论作为艺术品的国家》这本书，书中有对于当时意大利王国的一些见解，思维缜密的作者布克哈特将他本人对那里的观察展现了出来。那一个个显得略微凌乱的、多元化的城邦，那些布克哈特眼中的"艺术品"，成了此刻呈现在我眼前的来自撒丁岛的"礼物"。当YIYI向我讲述这件"艺术品"的工艺时，我确定在这个地方，这个物件是独一无二的存在。

"REGALO"（礼物）是YIYI起的店名，她认为每天的生活就应该像礼物一样，我们也应该时常给自己的生活送礼物。最初，她与别人合开了这家店，她笑称当时开的是"半间店"，但凡进店看看的时髦女子们，总有些会怂恿她再多开几间，YIYI总是直率地回答"一家店就已经很难打理了"。随后，她把这"半间店"搬到了自己的家门口，为了"可以离家近一点"，"出家门，过个马路，就可以来到REGALO，不好么？"

在上海这样匆忙的节奏下，还有人如此"不思进取"，但是，想必YIYI应该是非常享受这样的"不思进取"的。她和乐地对待每一个进店的人，只要别人问及店内的物件，她总会不厌其烦地为她们讲解，哪怕这样的热情并不被讲求实用的人所赞许。YIYI总有她自己的道理："开这家店就是为了让别人试东西的！"坚毅的眼神里带着某种程度的小"天真"。每当别人被这里的橱窗吸引走入店里的时候，他们应该都能感受到YIYI想要发出的信息。他们在"阅读"着YIYI，YIYI也通过人们对物品的选择来"阅读"他们的内心。

"REGALO"的迷人在于它有一种让人感到舒适的"精致"，这里的"精致"是平易近人的、可以被购买的，也是能够吸引人驻足的。YIYI会在空闲无人时，摆弄店内的东西，这里所有的物件都会随着YIYI的心思而随意变幻。"REGALO"也成了YIYI展示她心情和品位的"T台"，对于这个T台，YIYI是绝对

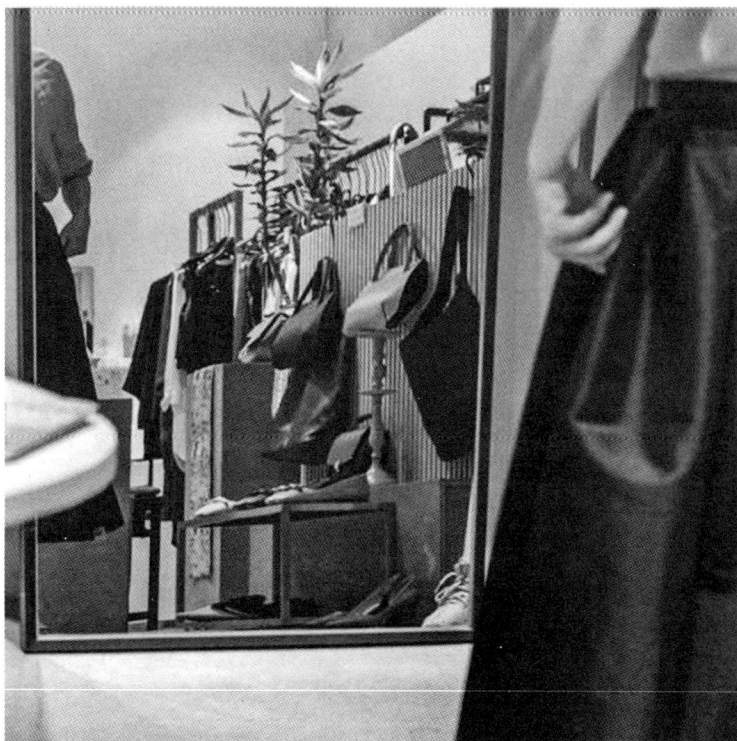

自信的。"精致"是对材质的追求,对所呈现物件的用心,当物件兼顾了实用与美观时,没有人会否认这个物件早就具有了灵魂的内核,而这个灵魂的内核是YIYI所赋予的。

最终若有缘人看中这个物件,将其收入囊中好好使用,这物件又会被使用人赋予一种新的定义,这定义使YIYI的心意和物件本身的灵魂再次有了融合,这融合又让物件成为新的艺术品,可以幸运地见证这里的艺术品与它们的有缘人继续不同的旅程。在这里留下足迹的人,带走的是一份收获美好的喜悦。

记得意大利语中有个词叫"闲适之时",慵懒的意大利人认为,每天24小时内一定要留下5分钟,什么都不做,只需要晒下太阳即可。对于"REGALO"的"艺术品"们,每一件都会是一个"闲适之时",因为只要你能够给它们时间,它们就能够回应你色彩。YIYI是个买手,她给人们的"礼物"并不高冷,反而有一种奇妙。

忘不了那一笼"市井"味

餐饮店 | 富春小笼（愚园路店）

📍 上海市静安区愚园路650号

　　对上海人来说，"四大金刚"构成了本地特有的早晨，老虎脚爪、豆浆、油条、粢饭糕都存在于记忆之中。如今早餐早就程序化了，进地铁站，在换乘之间，顺路到诸如罗森、全家、7-11等

便利店,买杯喝的,加上一个面包或包子,匆忙间再挤上地铁赶往工作地。周而复始,日复一日,食物仅为果腹之用。

早记不得到底是谁推荐给我"富春"了。等一笼小笼包,在等待时侧耳听一下邻桌的谈话。小笼包蒸出来,服务员穿梭于拥挤的人群间,"让一让,小笼包来了!"这才是生活应有的本色。点单落座后,服务员从桌上的小篮子里拿出对应着桌号的木夹子,这些木夹子被带到出菜口,不多久一笼笼小笼包被端出,夹上对应桌号的夹子,来到面前。倒上一小碟醋,从一笼六只中随意夹起了一只。"富春"的小笼包是有汤汁的,肉汁入口,满嘴都是肉的滋味。这里的小笼包,皮并不薄,唯一担心的是吃的时候会不会因为心急馋嘴而烫伤,所幸每次咬破皮,都有一种小心翼翼的警觉。

"富春"这家国营饮食店,带有一种单位食堂的亲切,只不过近些年来为了迎合食客对于环境的偏好,店内做了一些装潢

的改进,墙头的亮绿色应该是对店名中"春"字的最好诠释吧。

在这个对味蕾不断追求突破的时代,这里的阿姨们还是会根据在店内的日常观察推荐不太会让人失望的美味,来个"炸猪排",来个"荠菜肉丝炒年糕",忙于各种选择的人可以暂时慵懒地应和,找个靠墙头的沙发坐下。

对我来说,"富春"的独特之处主要体现在它的鸭血汤和上海传统的"双档"上。"双档"其实就是油面筋塞肉和百叶包,配上清汤粉丝和少许葱花。"富春"的"双档"是用来搭配它的小笼包的,这组合也是绝大多数人心中一顿"市井"餐食的首选,也是"富春"的必点组合。

城市的柴米油盐就是"富春"的味道,每天的柴米油盐支撑起了多少个家庭,多少个平凡的日子,这"富春"的味道让我们不曾忘记过生活本应有的热乎劲道。

小笼包的味道充满了儿时的回忆,夹杂着现世的匆忙,也凝聚着每一代人对于食物共同的诉求——满足味蕾刺激带来的地域生活习性的传承。与其说"富春"的小笼包有多好吃,还不如说它的存在,将一笼笼生活的热乎,传给了每个在城市中奔波的人,让他们继续保有对生活的热情。

市井的生活并不全然是苦涩,还会有苦中带些甜的惊喜。

隐藏在闹市的伊甸园

茶馆 ｜ 喫茶去

📍 上海市静安区愚园路 1280 弄 45 号

　　"喫"在上海话里面被读作"qie"，即"吃"。而"喫茶去"是一句随意的话语，透露了一个极其生活化的举动。这家店最早并不在愚园路上，记得我的一位朋友带我走进这家店时，它还在长乐路上，当时这位朋友十分神秘地和我说，在那里有我喜欢的东西。

　　我带着一份将信将疑的忐忑步入了这个地方，一只猫意外地在我面前出现了。其实，那位朋友并不晓得，我是怕猫的，因为胆小，也因为在我的脑海中猫始终是一种神秘而飘忽不定的生物。但不知道为何，眼前的这只猫却让我变得不再害怕"猫"这种动物了。

　　听主人说，这只喜马拉雅猫已经13岁了，相当于我们人类的90余岁吧。想想它就趴在那儿，笃定地看着我，犹如看着一个乳臭未干的孩子。起初，我的眼中有慌张和恐惧，之后则转变

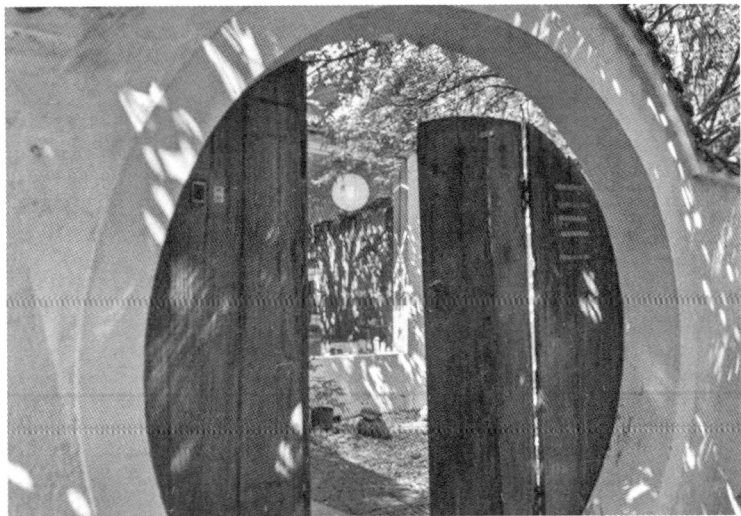

成惊讶与好奇。而喫茶去也因为这只猫，在我脑海中占据了一席之地。之所以会流连于此，还因为它的确是一处"闹中取静"的所在。

在经历了三次搬迁后，它来到了愚园路上。愚园路上的"弄堂深深"是出了名的，可能弄堂里的任何一位白发老人都可以和你说说这里曾经发生过的故事、居住过的人物、留下过的痕迹。如今这里充斥着历史的遗留，也孕育着新一代的风格。你可以在这条路上看到购买日用品的居民，也能够在这里见到三三两两的城市步行者，还有在咖啡店里坐着聊天的自成风景的人。

喫茶去也在这里，不过相较之前的这些人、物、景，它隐藏得更深。走过一个过街楼,进入一片宁静,当还没有完全享受这与街景截然不同的气息,就又要转弯了。面前的一排房子整齐地排列着,最右边却是一幢废弃多年的房子。当视线完全被那爬满了落叶的椭圆形窗户吸引时,最深处的那座拥有两扇半圆形木门的院落,更显得有一丝沧桑后的生机。

走到弄堂底,推开一扇门,走进门内的院子,院墙的一边是马路,偶尔会有公交车驶过的刹车声,也会有小轿车的喇叭声。院墙似乎很理解院内人"暂时逃离"的想法,它乖乖地将墙外的喧闹遮挡,院内的石榴树悠悠地斜靠着,石榴树下的阳光房是个理想的休憩之地。

只要这里有阳光眷顾,就是个温暖明亮的所在。若到了夏

日,这里也不会有炎热侵袭,玻璃的存在加之房内的空调让这里得以变成一个清凉的所在。每次来这里,总会随手拿一本转角书架上的书,不过大多数时候,我还是会从家里带一本自己想翻看的书来。在这里,可以看多少页书并不是最要紧的,要紧的是体验一种身心的轻松自在,暗自窃喜于一种"偷得半日闲"的滋味。

如今,那只喜马拉雅猫早已不在,但它的孩子"陌陌"还在。这只长得似张飞模样的淘气鬼,会在我忙于体味书中文字的时候,悠悠地坐在我的脚边,见我不搭理它,便跳到对面的座椅上,提醒着我,这里还有猫的存在。我们还会不时地"四目相对",我也不再慌张,它成了安慰我的小精灵。

院子里的灯亮了,零星地点着几盏,玻璃房内明亮依旧,墙外又传来了汽车驶过的声响。这声响再次提醒着我,这里是城市的一隅,为了下一次的"半日悠闲",应该再次上路了。

近在眼前的"远方"

书店 | 远方书屋

📍 上海市长宁区江苏路876号贵冠商务中心3号楼201

"这里的租金相对其他地方来说便宜些。"眼前这个肤色黝黑的女孩，就是自称每两三个月就会去云南、贵州、西藏走上一个多月的"野丫头"。大大的眼睛，简单地将头发扎成一个马尾，穿着一件黑白条纹的T恤，宽松随意中透露出一份职业性的坚韧。

对于我这样一个初次寻路过来的人，野丫头显然是惊讶的："你没问问保安就找到了？""对呀，我自己看着一路的提示，就找着了。"这里本是生产钢笔头

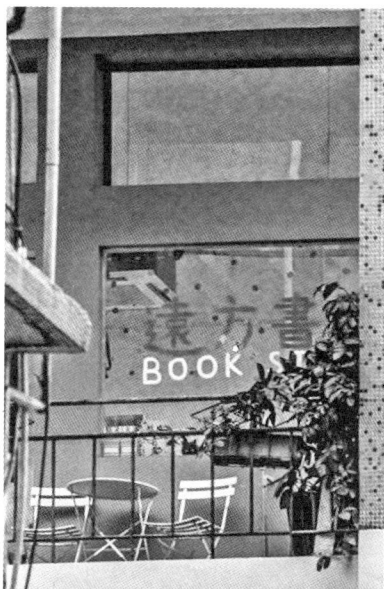

的厂房,像极了儿时母亲办公室外的厂房,有一种穿越感。穿过一些低矮的机车房,转而进入铁楼梯的区域,来到二楼。这里早就被设计公司、电影制作室等占据,在这个再生的空间尽头,便是远方书屋了。

书屋能够立刻抓住人眼球的是正对门的那面不算太满的书墙,主人有心把书按照她所希望呈现给来人的方式摆放,这样的摆放比家里的书房更讲究也更整齐,在颜色和逻辑上也格外让人舒心。不可否认,这样的布置是"野丫头"的精心策划,她的风格由这些书传递给来人,不过更多的时候这里也有点像她的私家小书房。

2015年,"野丫头"凭借着年轻人的一腔热情开了书屋,独自支撑,辗转于这个大城市,从一地到另一地,有开心也有众多的经历。从小生长于卢湾(原卢湾区,现为黄浦区)的她,喜欢那些远去的回忆中的熟悉场景。她也曾感叹时光的飞逝,让她那些熟知的地方变成了记忆。她喜欢在夜晚到自己熟悉的酒吧买喜欢的精酿啤酒,直到那条她熟悉的街上再也见不到那个酒吧,"这就是上海的速度!"庆幸的是,她还保留着自己坚持的"远方"和"远方"的故事会。

"之前我的书屋开在延安西路的老房子里,但后来因为租金上涨及经营证等因素,我来到了这里。"这里从早前的钢笔厂,变成了各色人群的聚集地。几个月前,楼下是一间由法国人开的画室,这个法国人会在这里创作,也会偶尔约上朋友在画室里喝个小酒什么的。"但是,""野丫头"咬了下自己的嘴唇,"由于身体和年龄的问题,他把画室给了自己所在的经纪公司,回法国去了。"其实,每个人都有自己的坚持,只不过,有时这样的坚持往往会输给时间和现实的无奈。

在她说话的时候,我拿起"老板私藏的茶"抿了抿,不错,红茶特有的醇厚味道,真是叫人欢喜。不一会儿,野丫头抱来了几本她从台湾淘来的《汉声》杂志,这又是个默默抵抗现实和岁月的坚持。

"这不是20世纪90年代的《汉声》?"我随即惊讶起来,接过这些珍贵的杂志后,便起身坐到了对面低矮的懒人沙发中去。那时的《汉声》并不厚,薄薄的一本,却透露着言语的生动,

这是一种民族的共同记忆,平实质朴的文字将这种远去的、早已被忽视的记忆唤醒。记得前年的上海书展,在广西师范大学出版社的展位上看到过由《汉声》授权出版的《黄河十四走》,之后便对这个名字格外上心。

如果说一件事做一年,也许没什么稀奇,可一件事做几十年就是十分稀奇了,更何况这些日子里还会面临资金短缺导致的印刷册数的减少。不过《汉声》也培养了一代又一代的人,见证了这些"汉声人"的成长与离去,民族的历史文化依旧被这坚毅的声音所记录和传播着,正如同野丫头所说,"正因为默默无闻,才会细水长流"。

《黄河十四走》中有一段描绘陕北民俗艺人第一次离开家乡进京的场景。这些艺人们回乡的时候,带走了大城市人都会忽略的"塑料罐头",他们脸上的质朴笑容,像极了生养他们的黄土高坡。眼前的"野丫头",黝黑的脸上也不时能找到类似的笑容和神韵。"远方"是"野丫头"的,它的平凡像极了被城市所忽略的塑料罐头,但默默无闻的它却有一种超脱于市井之外的悠然。

走下楼,钢笔厂的墙上有个外国老头的鬼脸,老头吐舌头的瞬间被永久地定格在这面墙上,可能这是那个法国的画师画的,说不定"野丫头"还是会选择她向往的那个"远方"。与她的连接也许会变成一张不知从哪里寄来的明信片,但她因为这城市内的"远方"而幸运,我们也因为她的悠然而感到幸福。

慢
记
五

我们都是流浪的人，
带着受伤的心和身体，
在这钢筋水泥的丛林中，
寻找下一个栖息地。

竹林深处的"鹿鸣"

书店 | 鹿鸣书店

📍 上海市杨浦区政肃路198号

（现上海市杨浦区国权路525号复华科技楼2层）

探路的时节在冬季,那是一个冬日的下午,借助现代的导航工具,我一路从校园穿越到了生活区。

正值学校寒假,这里的人不多,街道上只有风吹下的几片落叶,原本苍白的街景显得更加萧瑟。在快走到一条最里面的丁字路时,左边的低矮围墙里,出现了一些红砖小房。在这片看似废弃的房子里,可能就曾居住过那些我们敬佩的老教授、老学究们。

三个月后,在行走嘉宾的带领下,再度走进这里。可以想象在这些被称为"日式排屋"的房子里,著作等身的学者也会烧水做饭,他们会推开这些在今天看来低矮的门走到课堂,距离感也因这些房子的存在而消失了片刻。他们变成了我们中的一员,我们似乎可以走进他们的生活了。

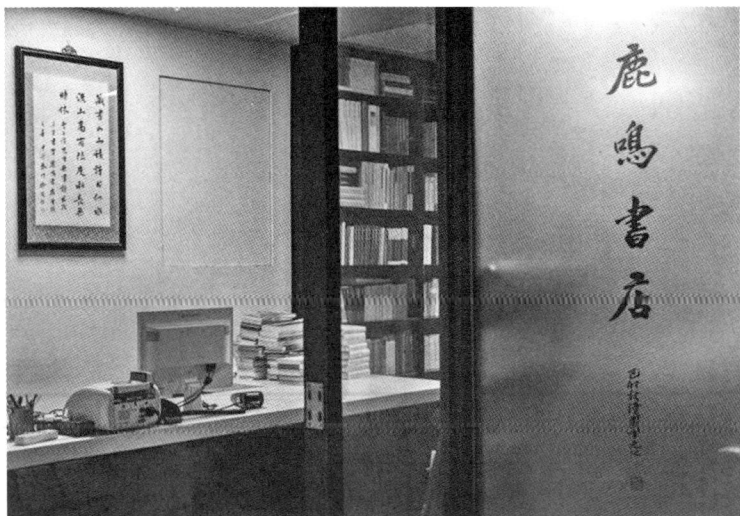

过了这最后的丁字路，又步入了校园区。在体育场的对面，有一片竹林，郁郁葱葱，在这片竹林后，就是鹿鸣书店。"鹿鸣"一词，源自《诗经·小雅·鹿鸣》的诗句"呦呦鹿鸣，食野之苹"，能用这样美好的诗句来做书店名字，这里应该是有众多牵挂和连接的。

鹿鸣书店开始于两个当年复旦中文系在读研究生在宿舍楼梯拐角处的设想。这两个分别主修现代文学和古代文学的青年，最初想要"接管"一个书店，这个书店可以按照他们两个人的想法经营。可最后在没有任何分析和判断的情况下，他们两人做了这个鲁莽的决定，于是有了"鹿鸣"的诞生。这并不是个天真的想法，从想象顾客会蜂拥而至到租房、申请营业执照，再

到开业前的资金突然撤退,这两位游走于文学世界的青年仍在
一次次的悲欢中坚持着他们的理想。

 1997年11月4日,他们的"鹿鸣"变成了现实。他们是两
个不喜欢过生日的人,但他们却希望自己永远不要忘记"鹿鸣"
的大日子。"鹿鸣"也从原来的诗句变成了一处引发人的可能性
的地方。

 这个可能性源于鹿鸣书店一周年的学术系列讲座,看着那
些耀眼的嘉宾名单,今天依旧可以想象当时每一场讲座时挤满
"鹿鸣"的学生们兴奋的模样。似乎"鹿鸣"的创立者也有着
一份心愿:"若干年后,希望哪位复旦人在撰写回忆录时,还能

想到20世纪临近结束的时候，有这样一个书店，以及它的一些故事。"

这样的故事在到过"鹿鸣"的人的记忆中汇聚成他们的美好。在这些美好里，有从校园爱情升华而来的叫"鹿鸣"的11岁孩子；也有从第一次遇见这里就产生一种归属感的人；还有当书中印着名字的那个人活生生地站在面前时的惊言。这些因为温存所产生的细密心思连同"鹿鸣"这个地方，被人默默地记在心里，在这里他们寻找的是一种语言，一种通过书籍呈现不同人性的语言，这语言是连接不同城市、不同人群之间的钥匙。

在那个冬日，接过年过半百的伯伯递过来的咖啡，选择在靠窗的座位坐下，看着不远处那个在某幅题字下低头看书的黑镜框男子，望了望手中舒国治的《理想的下午》，想必最理想的

下午也不过如此吧。在三个月后的行走活动中，有位读者这样和我说："谢谢你，让我知道这样一个地方！"其实并不只是因为我让他知晓了这个地方，而是"鹿鸣"本身的气息让人有了这样的感受。

如今，"鹿鸣"离开了之前栖息的那一片竹林，来到了新的地点。那里不是淮左名都，也不是竹西佳处，不变的是书店的墙上还会有许多相框，这些相框倾诉着曾经的过往，陪伴鹿鸣一路走来的几位大师的画像也依旧悬挂在墙上。当然还有那种"好书悟后三更月，良友来时四座春"的期待，而有些期待却一直萦绕在脑海中：那个叫"鹿鸣"的11岁的女孩会不会来到这个地点？有多少因为"鹿鸣"而结识的美好，可以由这样的方式走向他们的23年？

当LI遇到HER

咖啡馆 | LiHER Kaffee（已关闭）

📍 上海市杨浦区伟德路70-76号

你见过附近的商贩会帮咖啡馆看店的么？提及这个问题，店主似乎只是淡淡一笑。"四海一家"的想法早就在她的脑中了。

"LiHER"是闽南语"你好"的谐音,老板姓"李",老板娘姓"何"。这是一对27岁的年轻夫妻,因为亲友在上海有一幢房子,他们俩便动身来到这个陌生却又时常听闻的城市。当他们装修好这幢房子时,亲友却有急事需要收回房子了,情急之下,两人只能找到多伦路的一家铺子,开始了自己生存的营生——拼配咖啡豆,那时两人将99%的时间都放在烘焙咖啡豆上了。

"我们在大学路的这家店铺是在网络上找到的。"正巧这里的店铺在找合租者,于是两人过来看了铺子,与想象中的一致,就变成了现在的花店、蜜蜡店、咖啡店的混搭。

其实HER一开始是不喝咖啡的,只是因为LI开始做咖啡,她才慢慢地变成了咖啡动物。当被问及自家咖啡的特质时,她指了指墙上的菜单说,这些都是生长在台湾的咖啡豆,确切地说是台湾产的咖啡豆。

HER很友善地给我选了一款叫"德文"的咖啡,片刻之后,HER将手冲咖啡端了上来。我下意识地闻了闻,居然有一丝乌龙茶的香气,真不知道这到底是咖啡还是茶了。之后又在乌龙茶香气里体味出淡淡的咖啡味。这样的回味可能就是这里独特的味道吧。

咖啡文化在近几年才流行起来,以前读书时身边只有母亲有煮咖啡的习惯,大多数时候,能够接触到的基本就是加奶精的速溶咖啡了。不过在海峡对岸,咖啡文化早就已经普及,售卖手冲咖啡的店家布满了街道，想必这对年轻夫妇也是因为这个缘故来到这里，开始了他们的咖啡闯荡之旅。这家"LiHER"，成了他们开启自己家乡咖啡新尝试的序曲。

相较于HER的热情似火，LI显得冷静，少言，他的大部分时间都给了他家乡的这些咖啡豆了。他会根据客人的要求烘焙他认为最佳的豆子。为了不让豆子在烘焙好后因为潮湿变了味道，他还会记录每位客人订购豆子的时间和从他烘焙好到客人可以喝到咖啡的时间。

这家混搭式店铺，像极了台湾的夜市铺子。之前曾去过一次台湾，亲友带着我去了一家路边卖鱿鱼羹的铺子，这家铺子是亲友和他妻子第一次约会的地方。想来他们已经结婚40多年，现在还能够在这里呈现一碗40多年前一样的"狗粮"。

LiHER也好似这铺子，延续着这样一种淡淡的、值得回味的味道。眼见面前的"德文"已经喝完，HER依旧在和我诉说着她的家乡宜兰，她应该是极度热爱那里的吧，忙碌完之后她会时不时想起那里台式香肠的滋味，也会托人带来自己心心念念的猪血糕，小心翼翼地包好，偶尔在想家的时候偷偷地咀嚼一小块，那时她的耳边会响起"没关系的，你们如果不行的话，就回来"。

LI与HER就是放飞的风筝，只不过那风筝线依旧在海峡的那头，每当别人提及"LiHER"的名字，就是他们对于海峡那头最真挚的一声问候。

HOMELESS，已经流浪了七年

酒吧 ｜ HOMELESS 现场酒吧

📍 上海市杨浦区大学路201号

　　不同于大学路前一段的熙熙攘攘，位于街后的那段连接着生活区域，不远处便可望见店铺后面的社区。那里更加安静，稀疏的树木将这些人家与街道上的风景间隔开来。一条穿越了生活区与休闲区的丁字路把这里变成了三块不同的区域，无论站在哪个区域，沿着路边的顶点，都可以望见对面那家有着木头窗户和红色遮阳帐的"HOMELESS"。它会在夜幕降临时靠窗闪着一盏盏黄色的小灯，呼应着偶尔会出现的、转往右边的汽车打出的大灯光束。只不过那大灯的光束显得有些冷。那排黄色的小灯把自己变成了边际，努力着不让这冷光束再照射到它们所在的地方来。

　　"HOMELESS"是它的名字，在这样一个灯火通明的地方，红底白字地显现着。听说它在这个街区已经7年了。在这条街上，开过拥挤排队的网红店，也开过看似充满都会小资风情的时

髦铺子,但它已经算是这条街的元老了,在媒体还没有报道大学路时,在来这儿的学生还不是很多的时候,在它面前的楼还没有被刷上那个顶天立地的奔跑者之前。

我们都是流浪的人,带着受伤的心和身体,在这钢筋水泥的丛林中,寻找下一个栖息地,所以我们才会遇到"HOMELESS"。"HOMELESS"的主人也是一个流浪者,他一个地方一个地方地流浪着,直到在这里,他停了下来,于是有了与流浪有关的故事。你一定会认为这个故事是悲伤的,但并不是。这里的主人之后定居在了上海,也遇到了他的她。关于他们是如何遇到的这件事,我们不得而知,但这里却留着因流浪而带来的记忆。

进门的地方堆着很多小人书,完整的成套的书,让人很容易想起自己的童年,还有那些伴随着自己成长的动漫形象。每个人都可以在瞬间把一些城市中的隔阂打破,拿起一本能够触动自己内心那部分柔软的书,翻看的不是那些熟悉的画面,而是自己满满的青葱记忆。在那个网络没有像现在那样发达、视觉冲击没有像现在那样刺激的年代里,这便是最好的消遣了,爱好在这里是相通的,也成了这里的一种标识。

而这里的另一个标识则是那些陪伴我们的狗和猫。这里每个月会有一次为流浪狗和流浪猫找主人的活动,"HOMELESS"还为这些狗和猫制作了专属的文件夹。虽然活动断断续续,但至少也坚持了三四年。这些爱狗爱猫的人士坐在这里,为他们珍视的小精灵们寻找一个好归处。从店名下方狗的摆件到沙发上猫、狗的暖心抱枕,都提醒着来人,这些精灵在"HOMELESS"的曾经、现在、将来都占有重要的位置,可能这里的主人在他的流浪路途中也曾多次被这些精灵温暖过,这里是他给这些精灵的一个命运中转站。

　　玫瑰红的灯光亮在墙面上，这似乎是一种提示，接下来会不会有什么演奏？于是便小心翼翼地等待着。坐在小小圆桌后的是一个个捧着小酒杯的年轻人，他们期待的是民谣乐手的吟诵，这种带着泥土气息的声音，让年轻人们想起了儿时的乡音。木吉他的弹奏是月下的颂词，也是岁月里吹来的风的声音，应和着他们围坐的小圆桌上那跳动的小蜡烛，小小的火苗守住的是他们各自对于故乡埋在心底的情感。

　　在"HOMELESS"，他们可以暂时仰望一下自己心里的那片星空，因为这里有个曾和他们一样流浪的灵魂，现在却停留在这里，赋予匆忙走过的人它所能赋予的丰盈。

那幢心中永远牵挂的"绿瓦"

书店 | 绿瓦体育书店

📍 上海市杨浦区清源环路588号

　　当初第一眼见到"绿瓦"的时候，很惊讶，绿色琉璃瓦映着红色的大门，这幢新中式的建筑在读书的四年里几乎每天都会出现在我的生活中。

　　学生时代，晚上的女生宿舍总会上演各种话题的夜聊。记得有位女生曾说自己当时报考上海体育学院的原因：她喜

欢的男生爱上了这幢"绿瓦",他要考,她便跟着他考,两人一前一后考到了这里。这幢楼的确有着这样的魅力。民国时期那场集体婚礼的照片,现在依旧可以在一些画集或学校校史馆的墙上看到,那些曾经的璧人现在最年轻的也应该步入耄耋之年了吧。

不过,最深的记忆不是那些民国的璧人们,而是读书时经常会有早就毕业的校友携新娘或新郎再次来到"绿瓦"前。彩色的璧人比那些灰白泛黄的形象更加鲜活,很羡慕他们可以在将校园爱情修炼成现实生活里的柴米油盐外,还保有一份对爱情纯真的坚持和执着。

时光渐渐流淌着,留下的记忆停留在心灵深处的某些角落,转眼间便进入了工作的社会。"绿瓦"也逐渐变成了记忆中的一个点隐秘在心底,安静地流淌着。我继续穿行于人群、各种事物和各种聚散之中。人真的是一种奇怪的生物,在大学时有些挥霍青春,一旦离开了校园才发现4年时光赋予了自己用不尽的勇气、用不完的精力。再次回来,看着"绿瓦",看着大楼前又一届朝气蓬勃的毕业生,顿时发现自己已出走了许久,有些疲惫与艰难。

看到那些绽放着学生时代特有的炫彩笑容的后生们,不免又想起了当时和室友们在上课路上,为了走近路穿过"绿瓦"一层时,其中一位指着一楼正厅那幅上海地图,神秘地和我们几个说"据说这里有个地道可以直接通往吴淞口"。"是呀,要不我们一起找找吧。"说完,忘记了上课这件正经事,几个人很认真地在周围查找了一番,一无所获。失望的我们只能走出来,调皮地拍打着门前那一对石狮子出气。

再次看到"绿瓦"的消息是在朋友圈里,"绿瓦"要大修了,挥别之前的它,之后不知道它会以何种模样出现?直到2019年的一个冬日午后,当我再次站在这熟悉的地点眺望着不远处"新生"的"绿瓦"时,眼前还有一群动感的少男少女们。"学姐!我们这里开书店了!"耳边响起的声音把我拉回到了现实。当时,读大二的学弟正赶来给我送视频资料。对呀,既然遇到,何不去看看这家书店?

穿过校园区的大门步行不多时，街角对面的书店出现在眼前。往里走去，迎接我们的是在挑高空间里的蓝色"山峰"，被一层层书装点的山峰等待着每一个"攀登"者的到来。这些年并未放弃过"攀登"的我，也从"绿瓦"的"攀登"转向了书海的"攀登"，有意思的是，"绿瓦"总会时不时地出现并召唤着我。

"学姐，看这个，这是我们这次剪辑的第三稿！"看着学弟电脑中的画面，"上海城市的特质在于它的包容。"视频中的行走嘉宾说着这句话。

似乎新的"攀登"又开始了，在"绿瓦"的见证下，从忐忑的迷茫到一次次意外的成长，收获总会因为被给予的信任与理解，开出不同的花，也结出不同的果。

慢
记
六

书有时会有一种好处：

阻隔现实与人。

言几又的湖滨时光

书店｜言几又·今日阅读

📍 上海市黄浦区新天地湖滨路150号湖滨道购物中心B1

如果说近代上海的城市轨迹可以从淮海东路开始一直奔向淮海西路，那伴随着的便是由金融银行、商业零售走入缓慢的都会生活的步调。这片位于市中心区域、距离那条喷流不远的地方，则是上海都会特征的另一种具象化的体现。

这里有近几年迅速崛起的高楼，不同于陆家嘴的一飞冲天，这里还在高楼间零星点缀着各色的公园和绿地。除了穿着典型职业装的女子和牵着孩童的居家打扮的女子之外，这里还有低头劳作的环卫工人。他们推着垃圾车穿梭于一幢又一幢的高楼以及用现代审美装饰过的石库门建筑之间，日复一日地为了这片地带做着默默无闻的事情。

在每幢办公楼下的大门边，总会有穿着衬衫西裤的吸烟男子们，他们或三五成群地相互交谈着职场的辛酸苦闷，或独自吞云吐雾凝视着远方，将自己的思绪从这"刀光剑影"的所在中抽

离。在高楼的表象下，这些活生生的存在，让都会生活的压力与辛酸成了一种滋养城市光鲜的插曲，或许有高楼的地方就一定会有如此景象吧。

现代人应该都需要一个特定的时空来发挥自身的价值，无论这样的价值是让自己感到自豪还是让他人受益，都是在这样的都会生存下去的基础。但空闲时被各种软件占据的生活，将原本脑海中想象的日子再度分割成了零星的段落，散在自己接触过又遗忘的地方。

如果你喜欢杂货铺般的体验，喜欢捡拾生活的零星段落，这个地方会令你惊喜。这里的墙面都是用书架的元素装饰的，远看像极了一个书的城市。书有时会有一种好处：阻隔现实与人。这样的阻隔可以被认为是一种逃避，但假使你走进这里，听到耳畔悠扬的竖琴乐声，便不会这样认为了。悠扬的乐声会时不时被孩童稚嫩的哭闹声所打断，这种"混搭"提醒着你，这里本身就应该是生活的"杂货铺"。

不知道楼上办公室格子间的那些白领们会不会将自己的孩子"寄存"在这里，也不清楚书架后面那么大一片区域坐着的人里有没有等待恋人下班一起吃饭的，眼前这位捧着书故作镇定的女子或许就正等待着她的"情郎"，看着她精致的妆容，便能猜想一二了。

竖琴声继续，这里的人也在继续做着自己的事情。键盘断断续续的敲击声告诉着来人，这里还有不少学生族，他们构成了又一种景色。未出校园，渴望被认可，却又未到时机。"诶，我写

了快一千个字了"，一个带着黑色圆框眼镜、扎着马尾的女孩开口了，邻座的一个戴着耳机正在打游戏的男孩抬头笑了笑。女孩继续在充满了绿保护色背景的 Word 文档里游离着。

这里远比图书馆要自由些，却比职场要多一些新鲜感。在这些学生即将开启人生篇章前，这里是他们停留休憩、得以喘息的所在。休憩好才能去向更远的地方，体味更多的人生乐趣。尽管人生的乐趣对每个人来说不一定总是甜的，但人生不正应该是百味的么？

悠扬的竖琴声停止了，店员叠杯子碟子的声音夹杂着零星的手机通话声陆续响了起来。这里是上海最繁华和喧闹的地方，当你问起人们上海的时尚地标时，他们会毫不犹豫地直接提及这里。不管是午夜的灯红酒绿还是早晨赶赴办公室的行色匆匆，人们总是希望在自己的"小窝"与格子间之间有一处竖琴悠扬，这个声音提醒着人们，是否还记得生活的声音？是否还记得家庭的声音？这些属于每个人的悠扬才组成了城市的声音，城市最为动人心弦的声音。

"靓爷"的生活哲学

乐器维修店、福利彩票购买点 ｜ 小广东乐器修理铺

📍 上海市黄浦区肇周路80号

　　带着夏威夷风味的琴声响起在一个不足10平方米的铺子里。正值夏季,这里并没有空调,抬头所能见到的地方,摆满了各色的乐器,有些甚至叫不上名字来。这里不像是个铺子,倒像是乐器堆积起来的实验室。琴声还在悠扬地飘着,由这铺子传到了街面上。

　　在眼前这个带着金丝边方框眼镜的光头老人手中,这首《友谊地久天长》的曲子表现出他此刻的平和心境,仿佛周围的一切都与他无关。他手中的这把五弦电子琴又再次将他内心的强大定力召唤而出,世俗的熙熙攘攘变得如此的微不足道。

　　演奏完毕后,有机会近观起这把他独创的乐器来,一整面的银色上有个毛茸茸的狗爪贴纸。"这是我制作的琴,不过之后会送给我的朋友,他去了美国。我猜他一定会养宠物,也会有孙辈,就贴了个狗爪子上去。"说话间他的眼睛里流出一瞬间的调

皮。私下给他起了个称呼叫"靓爷"，其实这个"靓"字也是源于粤语的"靓仔"，而这个"爷"是我对他的尊重。

"靓爷"是个妙人，他开了这家集卖彩票和修、收、售旧乐器为一体的铺子已有20多年了。他经历了年少时的家境优渥带来的不羁，年轻时的他很是叛逆，曾因别人的一句"敢不敢横渡黄浦江"就游到过吴淞口，现在当他看着年轻人跑马拉松时，也会不时地哼哼着自己跑了几十年的"靓"式马拉松。

他常说自己一事无成地游荡到了现在。他既做过"逃课"生，也去国外做过厨子，音乐和乐器一直跟随着他。小的时候，因为"妈咪"和"爹地"喜欢音乐，他们会经常邀请朋友们来家里开派对，"靓爷"就这样耳濡目染地学会了"拆家什"。

　　每次乐器师傅来家里修钢琴，他就趴在一边看着，"这些零配件可以组成一个机械，这个机械还可以发出声音"，这就是靓爷感觉最美妙的时刻。一次，趁着父母不在家，他把家里的钢琴拆了，拆了的钢琴再也奏不出旋律来了，看着"妈咪"哭泣着说"你将来要赔我琴的"，他明白这样的好奇实验会一直继续下去。那些座钟、相机、手摇唱机都被他拆开来，装回去，再拆开来，经过这样一次又一次的倒腾后，他便无师自通了。

　　真正让"靓爷"学得"拆"这门手艺的，是他一次无意间的尝试。他的独门"拆"活儿在邻居中流传开来，还真有个邻居拎着个乐器找上门来。"你能不能给我修一修？"头一次面对那么正式的邀约，"靓爷"彬彬有礼地回应道："好呀，我试一试哦，但不一定有十足的把握。"

　　接下"拆"乐器活计的他开始认真起来。那个时代修一件乐器需要很大一笔开销，"靓爷"是个善心的人，他不想让邻居失望，这样的念头支撑着他再次把"拆"功发挥到了当时的极致。望着如愿以偿的邻居，他很开心，这乐器又能弹奏出声音来了。意料之外的是，邻居为这个善心的年轻人送上了自己的礼物："你想不想去乐器厂学修乐器的手艺？""乐器厂？"就这样，还在纳闷的他，面前开启了一扇门，他可以光明正大地看那些修乐器的高手们一展身手了。时至今日，"靓爷"还感激这个机会，他笑言自己走上了"拆家什"的正途，可学手艺的路，永远是

师傅领进门，修行还是需要靠自身的。

听说，他给衡山路和新天地的一些酒吧修过琴，也给不少演奏家和歌手修过他们的乐器，其中还有20世纪40年代风靡上海滩的歌后张露，而我们这代更熟悉的是她的歌星儿子杜德伟。

现在，"靓爷"成了那个圈子人口中的"肇周路的老董"。他还会保留自己的那份执着，随手拿起身边的一把二胡，他又开口了："二胡的关键在于蒙蛇皮。""蒙蛇皮"成了他最为得意的绝技，为了这门绝技，他不知"拆"了多少张蛇皮，"至少几百张吧，"他不经意地笑了笑。

在"拆"的路上，"靓爷"继续走着，但他却越走越坦荡，越走越舒心了。"爷叔,伊拉讲我这个弦坏特了,侬帮我看看么!"一个衣着时髦的男子从窗台外探进半个脑袋,拿出一把吉他。"靓爷"接了过来。"爷叔,一切听侬的,我相信侬!"说完男子就匆匆地离开了。奏乐的人最珍视他们的乐器,他们的乐器在这里变成了"靓爷"的艺术品,在他认真的修复中重新延续着它们的生命。

"早些年,远在洋那头(国外)的妈咪,也从电视上知道了我的'拆'乐人生。"他腼腆地笑着。

"靓爷"曾说过这样一个故事:河边一群小猫都在钓鱼,只有一只小猫,一会儿玩玩小草,一会儿碰碰小花,还抓抓蜻蜓,扑扑蝴蝶,别的小猫都钓到了鱼,只有它沉浸在自己的欢乐中。比起千篇一律的鱼儿,谁又能说花鸟虫草不精彩呢?

长乐路上的经常"快乐"

咖啡馆 | T12 SOENGLOK 常乐

📍 上海市静安区长乐路 508 号

雨天、爵士乐加黑咖啡,更确切地说应该是美式咖啡,望着街上来来往往的人和时不时经过的汽车,这是城市为有心人即兴创作的只属于这个时刻的绘画。

雨天是阴郁的蓝色,它恰如其分地唤醒人们骨子里所隐藏的隐忧。在这个区域里,有太多的元素可以让人浮想联翩,从对街的韬奋西文书局和那里售卖的冰淇淋开始,一直到目光所不能及的地方。

爵士乐透过音响从琴键上流淌出来,"常乐"这个名字源于"SOENG-LOK",这是"常乐"的粤语发音,虽然看着像一家日式的咖啡馆,但从它的名字透露的信息来看,更多的是本民族的血统。这里是T12团队自己设计和落实的咖啡店,从选址到诞生,经历了4个多月的时间,最终以现在的模样出现在人们面前。店里没什么客人,倒是可以让人尽情地享受T12的用心了。

　　在这临近长乐路和陕西南路路口的位置,T12试图通过这座建筑原本的老上海风格打造他们自己心中定义的咖啡馆。很多人说这里是偏重实用主义的,但在这里你可以听到操作台后的咖啡师们空闲时用粤语说着他们的"鸟语花香"。这熟悉的街景加上偶尔几句港剧式的对话,拥有粤语血统的"常乐"成了一家有着老上海外表、骨子里又非常广州化的地方。这里还有一种茶餐厅的气质,陌生人很容易因为某个话题联系到一起,虽然有时它看上去略显空旷甚至有些寂寥,但知晓这里的老朋友们和新朋友们都会再次将这里填满。

看似简单随意的装饰，是T12经过了一年多讨论而形成的理想空间。这座建筑建于民国初年，有着超高的层高，至今还完整地保留了木结构屋顶和青灰色的砖墙。起初这些都隐藏于遮蔽之中，被历代商铺一层又一层的装修所包裹。

当T12团队从一层又一层装修的包裹里将这些结构剥离出来，这座建筑本身的特质和隐藏的独到韵味才得以体现。岁月对于"常乐"是非常眷顾的。进门后狭长的道路上是三块渐进的地砖，门口参差地排列着中式的藤椅，与极富年代感的长椅提醒着刚踏入这里的人们：应该暂时清空一下自己，享受一下生活。地面上红蓝相间的地砖，让这些看似陈旧的中式家具有了一丝活力。

细看之下，才发现这是由纹理细腻的八片菱形构成的花纹，它们在"常乐"诞生前的"挖掘"中得以重见天日。"常乐"的众人还记得当时的兴奋，在动工首日的那个夜晚，他们如获至宝，跑去工地，往蒙着厚厚灰尘的花砖上泼水，将这些花砖擦拭干净,发现饱经沧桑的它们依旧保有令人感动的色彩。爱惜花砖的他们随即修改了设计方案,将原来计划里的自流平地面去掉,转而尽最大的努力去保留和修复这座建筑中的地面、墙面和屋顶。

相较一开始便有完整设计的大部分店铺,"常乐"更倾向于让自己在时间的流逝中慢慢生长,这里的建筑给予它最好的骨架,来这里的人也在慢慢地充实着它。这种打磨和改造也是一种时间的洗礼,就如同它的名字一样,它和这个街区是气息相通的,它成为了这里的一员。只要我们有足够的耐心,也给予它耐心,它便会与周围建立起真正牢固的联系。

对于人生的快乐,每个人的定义各不相同。但不管处在哪个时代,快乐都是极其稀有的奢侈品,任何物质堆砌而成的繁华,终究会随着时间的流逝成为幻影。"常乐"还在,生活也还在继续。只要我们有心,给生活偶尔找些"乐子","常乐"便是一个轻松又善意的提醒。

"钲"一个上海给大家看

文化礼品店 | 钲艺廊（新天地店）

📍 上海市黄浦区兴业路123弄2-3号楼一楼

东平路是一条不起眼的小路。它的美很难说清楚，可能是一代代风韵的累积，还有毗邻的那些老洋房，总会散发出一种淡淡的人文气息来。这里曾经充满着生活气息，从街口的那幢带着浓浓宋家风情的洋楼开始，只要有车驶过与它交叉的衡山路，醒目的建筑总会让人赏心悦目。与其说它是一幢建筑，倒不如说它代表着一种上海的生活，一种惬意而不失精致的生活。

有一个时期，构成东平路风格的元素，不是这里的上海音乐学院附中，而是星星点点

的小店。这些看似凌乱却慢悠悠的存在，成为都会中一道亮丽的风景线，穿梭其中的人可以选择一家用砖砌成烤箱的餐厅小憩；也能穿过红色的墙，听到一声"萨瓦蒂卡"，瞬间切换到泰式的笃定中去。并没有感觉这些是另一种虚幻的存在，而是映入自己生活中的小插曲。

在这些小店里，有一家门上有个"ZEN"的标识。在这里，它属于略带一丝禅意的存在。记得这里底楼的店铺后有一个小天井，其中好像有些竹子，转过天井可以从楼梯走上二楼，拿一杯咖啡就能继续沉浸在自己的小世界了。很长一段时间里，这里与底楼时不时会出现的日本客人以及他们窃窃私语的场景会令人觉得不太协调。

其实"ZEN"只是这里的一个名字，它更多时候被叫作"钲艺廊"。"钲"字源于这里创始人的名字"钲云"。起初这的确是一个个人的符号，可历经数十年后这个字变成了一个新的标签，他一定想不到这个名字会变成他与这座城市交流的一种媒介。"中国风、上海味"又将这媒介变成一种他和"钲艺廊"的坚持。钲云有他自己对这六个字的理解，这种理解，开始于他自己的家庭。

他曾祖父的父亲叫王体仁，这位王先生是清末的秀才，也是杭州出了名的盐商。他喜欢收集地方志，托当时杭州抱经堂书店主人朱迪翔向各地搜罗。据传当年王体仁的藏书楼"九峰旧庐"内藏有宋刻本百余种、明刻本千余种,所藏的方志就更多了,有两千八百余部。有诗云:"九峰庐主书成癖,使者搜求致故都。继起陆丁衰替器,但论方志陆丁无。"在这样家庭中长大的钲云,有了对传统文化耳濡目染的熏陶,现在的他时常感激这样的家庭给自己带来这份独特的精神财富。

就在这种潜移默化中,钲云慢慢长大,心中也种下了传统文化与海派艺术的种子。成年后,他选择了与文化、艺术有关的事业。他掌握了源自欧洲的珐琅釉瓷生产技术,这门源于19世纪末英国的工艺,频频出现在那些我们可以叫得上名字的教堂,也出现在那些我们叫不上名字的建筑里。得益于上海近代的开埠,我们也能够在一些现在还继续在使用的建筑里看到它们的身影。钲云有幸参与了很多老建筑的"修旧如旧",他为这些建筑提供了老瓷砖的原貌复刻。其中有他一直骄傲的和平饭店的英式绿的砖,"它们很英国"。从铜仁路的史量才故居到陈望道旧居,再到现在依旧在东平路上的那座"爱庐",还有不远处与"爱庐"有着千丝万缕关系的孔祥熙旧居,都留下了他的印记。

伴随着这些建筑的"重生",钲云也开始重新审视起这个他自小居住的城市,当然家庭给予他的财富——买书、藏书、读书也是他最大的爱好。他曾一度疯狂地收集新艺术运动和装饰艺术的书籍,有些书在他这里已保存了20多年。这些书赋予了他新的灵感,他将城市中建筑的轮廓与工艺结合起来,这样"钲艺

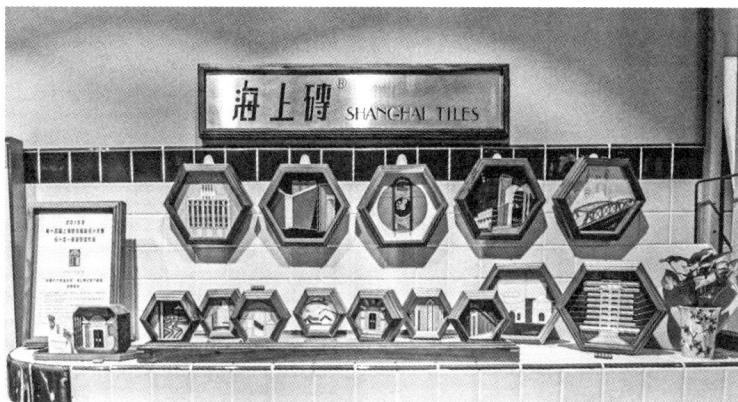

廊"就有了它第二个具象符号——"海上砖"。

　　"海上砖"源于20世纪30年代由欧洲传入上海的手绘珐琅釉面砖的工艺。对钲云来说,珐琅砖是他眼里海派文化的最佳传承,是如今能够见证百年历史的"活化石"。它们没有建筑这般宏大,却成了代表这些建筑个性、经历、审美趣味的符号。经过钲云三年的热情创作,从技艺娴熟的画师在胚砖上手绘线条、填装色釉开始,这立足于城市的小砖在一千多度的窑炉里反复烧制,三年后最终变成现代生活中与经典对话的一种展现形式。这是一个充满了"乡情"的创作,其中汇聚了几代人心中对上海的亲情,也汇聚了这座城市街道、建筑和人群里的烟火气。

　　如今在"钲艺廊"里的"海上砖"已经组成了一幅上海的拼图。如果这座城市里的一千多处建筑的风华绝代都能被这小小的砖重新呈现,一个新的上海将再次诞生。

玛赫告诉我们的事

咖啡馆 | 玛赫咖啡馆（现作家书店）

📍 上海市静安区巨鹿路677号

　　在玛赫咖啡馆有这样一句话："你能想象没有音乐、艺术、哲学的生活吗？"玛赫咖啡馆所提示的真谛可能就是与朋友们分享美好的时刻吧。

　　记得希腊神话中有一个关于丘比特和普绪赫的故事。在上海的一座花园里就有一个普绪赫雕塑的喷水池，现在它是文学的天堂，过去它是美丽的爱情神话。花园里爬满春夏秋三季的爬壁藤，用绿叶把每个窗户和阳台都包围起来；情人们在小阳台上互诉衷肠；阳光打在爬壁藤的绿网中，普绪赫女神也沐浴着这抹清新和闲适。

　　在这花园中，普绪赫经历了诸多的风雨。1926年建筑师邬达克接到了一位名叫刘吉生的商人的委托，刘吉生想为即将四十岁的夫人陈定贞建造一座花园，作为礼物送给她。这位夫人是他的"青梅"，伴随他一路走来，从1911年他们的结婚照上便可看出他们的时髦,容颜青涩的陈定贞穿着传统服饰,手捧花束,挽着刘吉生,头上戴着西式白纱,想来这位太太也是个时髦而温婉的女子。

这样的人间童话太过于美满,让人羡慕不已,而曾将这里与浪漫连接在一起的就是这座花园门口的玛赫咖啡馆了。

这是一家开在巨鹿路上的咖啡馆,它的大门很巧妙地藏在两根希腊石柱之间。在这里总有一抹柔情的红,无论是夏夜还是冬季,都在那里伴随着这城市变化的样子;在这里有咖啡的飘香,也有心灵的归属感;在这里的书堆中总可以寻觅到一丝花香。幸运的人可以通过咖啡馆的窗户看一眼那个旧时被称为"爱神花园"的大宅。

记得第一次踏进这里完全是一种误打误撞的"意外",现在回想起来真的不知道是为什么,只感觉那红色的店招牌引发了心中无数的好奇。下了车,过了马路,便径直走了进去。推开门,这里简直是另一个世界。门口摆放着各色的明信片,还有成堆的书配合着昏黄的灯光,其间有一架三角钢琴,不知道会不会有人轻抚琴键,奏响舒缓的乐曲,另外能够让人注目的就是那些不大不小的雕塑了吧。

伴着这虽昏暗却让内心温暖的光,我走了进去,门口的那座雕像因为系了淡紫色的丝带而变得鲜活起来,它似乎不再是那个总是绷着脸的模样,而是在用它特有的方式向来人问好。

　　随意挑选了一张桌子，点了杯咖啡，在这里可以什么都不用想，就这样放空着，慵懒地感受时间的流淌。

　　和它的第二次相遇，也很是意外。那时几个好友相聚做"轧马路"的"法租界行走"分享会，所以就相约在了那里。那次的天也是那种灰蒙蒙的感觉，深秋的风已然很是刺脸了，而在风中，这抹红色依旧。

　　推开门，进入这个"世界"，有些朋友们已经来了。店里的服务生帮我们留了一块地方，还特意拿掉了一幅画，我们就可以用自带的投影仪了，这样分享的内容会更加生动。不经意间瞥见书桌上的火红玫瑰，它提醒着我们这里依旧如春天般明媚。

　　大家终于都到了，在这里我们分享了很多：有从建筑风格入手的，也有以人文背景来讲析上海法租界的，其中也夹杂了历史事件和文化趣闻，还有的分享了自己实际测绘的里弄住宅，配着翔实的史料和精准的度量。这真的是一个愉快而收获满满的下午。

　　在这抹红色的见证下，我们对这座熟悉的城市进行了一次小小的探索，而在这座城市里还有太多的故事。这里承载着我们自己的故事，也有我们对城市细细品味后吸取的营养。

　　从一个人到一群人，我们在玛赫咖啡馆听到了更多的故事，也结识了更多的人，这样的"交流"赋予了城市更多的意义，这或许便是玛赫咖啡馆所提示的生活真谛：与朋友分享美好的时刻。

有人说:"我不在咖啡馆,就在去咖啡馆的路上。"在这抹红色点亮的6年间,这里一定有许多美好的欢乐,也有许多思维碰撞与欢声笑语。如果生活没有了音乐、艺术与哲学,将会是一个什么样子?

这抹红,是心的颜色,也是城市温暖的颜色。玛赫咖啡馆和陈定贞一样,从最初的稚嫩,到见证了来这里的每个人的心声。陈定贞携手她的夫君走过了一生,她见证了自己的夫君和他的兄长创造自家基业的整个过程,玛赫咖啡馆则用自己那抹红记录了稍纵即逝年华中的"小插曲"。

希望这一抹红色可以像爱神花园中的红玫瑰一般,在明媚的容貌下保存一丝坚毅。

慢
记
七

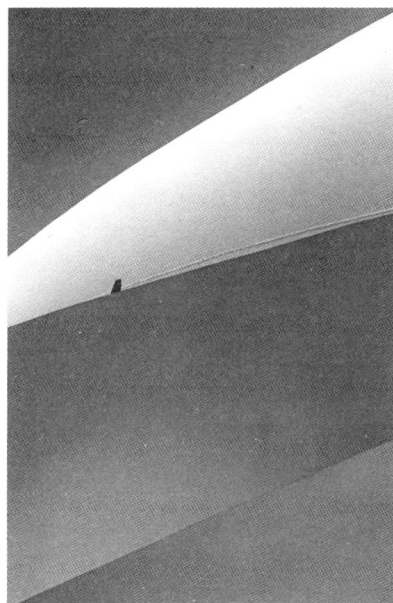

在室内光照不同的空间中游走，

结束参观来到室外，

一种类似梦醒来般的眩晕迎面而来。

"建投"的那一片江景

书店 ｜ 建投书局（浦江店）

📍 上海市虹口区公平路18号8号楼嘉昱大厦一层

　　望着座位前依旧流淌的江面，那里似乎承袭了曾经的繁华。不过建投书局的繁华一开始很难找寻，它隐藏在高楼林立间，入口处并不是那样的恢宏大气，只不过是一个小小的门脸，在人们步入这里叩开那个门厅后，便可以拾级而上寻找更为广阔的天地，等你抵达这里的二层，就自然开朗起来了。

　　在一盏又一盏黄色灯光的映照下，这里的书有一种罗列成城墙的感觉。它们通过这些黄色的灯光组成了新的场景，在这样的场景中，一部又一部由我们作为主角的影像上映或下档。在这样的上映与下档之间，江面依旧在那里，它平静地看着这些鲜活的影像，在这样的一个玻璃林立的建筑物的某个角落内。

　　对建投书局所在区域最初的记忆是游艇，你可以在这个地方的落地玻璃窗口看到不远处停泊在岸边的游艇。对于我们来说，游艇是充满好奇的存在，这种曾经为贵族专属的交通工具，

被用来创造各种花边新闻与信息，使我们在茶余饭后可以有一些谈资。现在，游艇似乎离我们近了一些，很多时髦的年轻人会租用游艇办生日会，也能约上三五好友来个闺蜜下午茶。可会不会因为这个耀眼的存在，就忽略了眼前变成背景板的那个叫作"北外滩"的江面？

据说"北外滩"这个名词出现在2000年前后，这个词是相对于"南外滩"而言的。它将我们认知中的"外滩"概念做了扩展，有专家说这个区域包括大连路以西，吴淞路以东，还有杨树浦路与长阳路这个区域。有资料显示，这里曾经是上海开埠后最早的市区之一。"北外滩"曾是旧时上海美租界沿江区域的一部分，现在的虹口区在1848年划给了美国侨民居住，这样美租界就逐渐形成了。在这段美国侨民居住的岁月里，这里的商业没有英租界的外滩那样繁荣，却也孕育出自己的特色娱乐业——电影业。

在1897年的《字林西报》上曾刊登过一则广告，这则广告的内容是预告在一周后的礼查饭店（现为浦江饭店）内放映电影，据说这次放映的片子是一个美国人带来的。这一场电影拉开了外滩北面公共游乐空间的序幕。在现在的这片并不大的区域内曾出现过6家电影院，有人说这些电影院在直径100米内开设，这样会不会产生强烈的竞争？可事实是当时这里的地价普遍比外滩要低廉，而当年这个区域早就相当的繁华了，以至于有了"过河浜，看电影"的说法，人们跨过苏州河上的桥梁到"北

外滩"度过轻松又新潮的娱乐时光。

不能不说,建投书局是有魄力的,它将最美的那片江景呈现给它最为自豪与骄傲的这个空间。这个空间就像一个书的天堂,它总是盛装迎接着各个领域的研究者与写作者,他们在这里与那些和自己重合的影像再度相遇。

很有幸在一个雨天的下午,我也叩开了建投书局的门,望着那从高处悬挂下来的灯,我慢悠悠地走了上去。因为雨水掩盖了原本耀眼的游艇,潮湿的风雨中,天空与江面的连接自然而顺畅,同样的黄色灯光,同样的落地玻璃窗反倒没有了原本的阻隔。挑了个座位坐下,等待那个相汇时刻的到来。这次是一位美国人,他来到这里讲述自己发现的与沿海相关的历史,不同于1897年的那位,他操着一口地道的中国话,面色和蔼地与年轻人交流着,头发中隐约出现的白色,向周围人透露着他的年龄。

他是做中国文化研究的,有自己对于这片土地的情感,为了更加深

入地进行自己的研究,他在学成后又再次踏上了这片土地。建投书局的存在让他在这里找到了知音。就在这黄色的灯光下,影像继续上映,一如曾经这里的人们知道有一种娱乐叫电影一样。

又是这沉静流淌的黄浦江,再一次见证了这样的一段影像,它注定会成为赴约者心中的记忆,我的幸运是我也在这段影像中存在过,成为"建投"这片江景的匆匆过客中的一员。期待这样的影像可以在下一个踏入这个地方的时刻,激发更多的渴望,对于这个地方,对于建投书局,也对于来到这里的每一个人。

在"白马"喝一杯咖啡

咖啡馆 | 白马咖啡馆

📍 上海市虹口区长阳路67号

"书中的小朋友和他的中国朋友就是在这个地方相遇的。"眼前这个金发碧眼的德国男孩用娴熟的英语向我讲述着他看的一本书,这是一个发生第二次世界大战(简称"二战")前的故

事,故事里的小男孩有个中国朋友,这个中国朋友是被外国家庭收养的孩子。他们一起上课、一起玩耍,中国孩子会向男孩讲述自己童年的零星记忆,也许这个中国男孩就是出生在民国时期的上海,也许这个故事里两个孩童寻找记忆的经历让阅读它的德国男孩印象深刻。

朝着这个男孩所指向的街道,我远远地望去,依旧是车水马龙的喧闹生活,那时的"小维也纳"也已然成了现代城市的一部分。假使历史还曾留下些什么的话,也只有沿街的那些红墙或修复过的灰墙记住了那些隐秘在云烟中的曾经。

在这片区域中有过不少的电影院。据说这里的地价曾比不远处的外滩地区更为便宜,能够让电影这种"西洋镜"找到栖身之所,过苏州河看电影也逐渐成为风尚。当然跟随着这类风尚到来的是大批的外国人,其中也包括我们现在熟知的犹太人。

这些犹太人并不是老一辈口中的哈同、沙逊或嘉道理,诚然我们也都曾震惊于这些早期犹太商人在这里积累的巨大财富,也曾在城市里那些无数次被各种辞藻描绘的建筑中寻找他们的点滴,但眼前的这杯说不上什么味道的咖啡却提醒着我,每个人都会拥有感官上的疑问,随之产生的是属于每个感官的好奇。不同于大亨们的奇闻逸事,咖啡香飘散的地方属于那些平常人和平常事组成的感动。

那些从德国、奥地利、捷克、罗马尼亚来的被称为难民的犹太人们登上了十六铺码头，其中成功带出金子和宝石的犹太人，可以居住在公共租界的中心地区或法租界的公寓里，雇佣中国佣人和车夫，过着算是优渥的都会生活。他们会去跑马场，也会去杰斯菲尔德公园散散步，这样的日子被他们称为上海的日常。

对那些可能只剩下随身衣物的犹太难民来说，生活是从了解上海开始的。在虹口这片区域内有很多荒芜的土地，这里的空屋被集中征借并以低廉的价格出租给难民。很多犹太人在提篮桥监狱的周边居住着，在如今的舟山路、唐山路、霍山路等区域。这一带远离码头和繁华的市中心，便宜的房租让这些身心饱受煎熬的难民们过上了可以喘息的生活。

临时建造的房屋和商店一个个地出现了。金发男孩指给我看的那条路就是当年曾一度热闹兴旺的舟山路。这里是维也纳风格的，咖啡馆与街道并排着，那些远离故乡的人们在这里寄托自己被放逐的辛酸和苦闷，只要他们有一点闲钱，就会到这里的咖啡馆喝上一杯咖啡，聊会天，大半天时光就这样被他们奢侈地挥霍了。即使当时这里还处在战争的阴影下，这样的小小乐趣也是他们保留在血液里的对于生命和生活的热爱。

在这些街道上的商店里，有很多中国人、日本人，还有落魄的俄国人，这里成为了当时的热门地，咖啡、新鲜奶酪、刚出炉的面包裹着隔壁德式香肠的味道，飘遍了这条街道。当时这里是日本人的管控区域,会做生意的犹太人还在店外挂起日文招牌来吸引日本人。

　　当然这些来到上海的犹太人也并不是一帆风顺的,他们需要不断地适应新的生活,或被日子紧逼着去做一些改变。年纪小或性格外向的犹太人也能很快与周遭打成一片,除了原本说的德语,他们逐渐学会了英语、法语或一点点上海话,用来和街上的人沟通。那时上海的旧式排屋没有煤气,只有煤油炉,烧开水是一件十分花费时间的事情,为了烧菜、洗澡,人们要拿着锅与热水瓶到开水房去买水,这是当时普遍存在的日常。

　　这些拿着低廉的工资又勤奋工作的犹太人,并没有因为环

境的变化与战争的阴霾而一蹶不振,他们的努力让慵懒而颓废
的俄国人感到了压力与危机。之后的犹太人因为被限制在指
定的区域内生活,活动的范围变得狭小起来,但他们依旧不懈
地努力着,自力更生。有资料显示:在这个区域内,犹太人开出
了307家店铺,这些店铺经营的范围覆盖了生活的方方面面,有
杂货铺、理发店、书店、裁缝店、帽子店,甚至连水管道配件店也
有,还有就是我们现今还会时不时提及的开锁铺子,只要是与生
活相关的任何必需品,在这些店铺里都可以找到。而在二战后
期的岁月里,这些平凡的犹太人也给这座城市带来了一丝特别
的痕迹。

在白马咖啡馆的墙壁上有各种各样关于这些犹太人的图
片和海报,这些记忆伴随着继续飘香的咖啡,萦绕在每个走进这
里的人身边。可能在如今这个物质早已不再匮乏的年代,我们
并不能对那个战火连天的时代与那些于异地陌生街道上流浪的
难民感同身受。但现在是包括过去的,缺少了精神的交流与共
鸣,总有一天我们也会成为"难民"。只不过幸运的是未来依旧
在我们的手中,我们可以做出选择。

水和天空变奏的油罐

美术馆 | 油罐艺术中心

📍 上海市徐汇区龙腾大道2380号

五个白色的罐子有些像蒙古包,配上一抹高低起伏的绿色草地,让人产生一种仿佛来到草原的错觉。

进入油罐艺术中心之前,你会收到一封来自水的邀请函,这是一个阶梯水景,每一层都有很宽广的台面,渐渐地就来到了下沉广场。在这里能处处体会到我们正处在一个自然环境之中,这里位于黄浦江边,在这里设计者试图找回那些被抛弃的自然元素,并用这些

元素塑造出一个梦幻的世界。

我曾在安德烈·塔可夫斯基的电影《潜行者》里面感受过类似的梦幻。流水、绿荫和天空等意象反复出现在一个神秘的工业废墟里面，它们之间的碰撞反映出一种有别于现实的质感，这是一种未来般的诗意。当来到油罐时，我再次体会到了这种感觉，但与电影略有不同的是，这里少了一种颓废的感觉，多了一种舒畅。

穿过广场，进入草地下油罐彼此连接形成的空间。这个空间的地板是一种光滑的水泥材质，当光线从室外进入室内，会形成一种模糊的光源，好似水面在反光。这里的展品大多是一些当代艺术品，其中有很多装置艺术品，还有现代的雕塑作品

等。这里的空间有一种质朴的感觉，很好地凸显出这些作品的特色。

没有挑高的室内空间，每个罐子都安排好了不一样的进入方式：有的随着缓缓的坡道进入，有的需要爬上十几级台阶，共通的地方在于都制造出一种高反差的体验，直到走进罐子内部，才明白这是一种情绪的铺垫。有的豁然开朗，让人看到大片的天空，室内的光源都是自然光；有的则直接封闭，营造出一个黑暗、深邃的环境。进入前与进入后的环境形成鲜明的对比，这是控制空间所呈现的强大张力。

每个罐子外表看似相同，但内部空间风格迥异。当人们从一个罐子去到另一个罐子时，会感受到空间的张力，仿佛空间是在流动和变幻的。这里的空间可以接收艺术品所传递出来的信息，而空间会和艺术作品协同产生完整的观赏体验。

与外部看到的开阔天空不同，进入罐子内，你就会发现开窗的大小和开窗的形状，会影响你对同一片天空的感受。在建筑的引导下，在工业质感的环境下，体验平日被忽略的城市中依旧存在的大自然的美感。或许我们早就习惯了城市的高楼林立，而忽视了城市本身就是被土地与自然所包围的一个又一个点，这样的"身在此山中"，蒙蔽了多少人的心灵？

水的意象在里面变化着。油罐门口台阶上大片的水景是静止的，而它旁边的黄浦江却是流动的，等到进入室内空间，只

要有光,总能够呈现一种水一般的质感。建筑原来可以像音乐一样,根据一个主题在不同的章节里反复地变奏,有时候还会加入多个主题,回环往复,真的是生动极了。

当发现这个建筑有音乐般的奥秘时,我才乐此不疲地寻找这种变奏带来的美感。从罐子里的每一个窗户看向室外,它们都是平时的场景,天空中的云朵有时候缥缈,有时候停滞。天空的主题在简单的形式之间变奏,看完努力地存储当时的感觉,回过头来再拼凑出一次独特的天空——梦一般的体验。

在室内光照不同的空间中游走,结束参观来到室外,一种类似梦醒来般的眩晕迎面而来。很想把这种眩晕告诉来人:这里是水和天空在变奏,它们各自成为不同的景观,但并没有离开主题,而是形成了有机的统一。自然的元素在油罐上的运用使得旧日的工业遗迹不显得混乱,反而显得典雅有序,这些都是油罐告诉我们的故事。

（本文作者：胡德鑫）

在安藤的座位上,看流动的外滩

博物馆 | 震旦博物馆

📍 上海市浦东新区富城路99号副楼

坐在安藤忠雄曾坐过的座位上,看着眼前波光粼粼的江面,江面上的波光像极了城市夜间闪烁的霓虹,灵动地跳跃着,映衬着背后的万国建筑博览群。

很庆幸,可以生活在上海。这里靠近大海,虽说这里在历史上曾是个微不足道的渔村,但先辈们把这里称为"沪",这个源自战国或更早时候的捕鱼工具,让这片土地上的人多了一种天生的包容。

这种包容也把安藤忠雄这位大名鼎鼎的建筑师吸引而来,能够看见黄浦江的

建筑成了他在这座城市的第一件作品，就在这高楼林立的陆家嘴，他留下了自己的痕迹——震旦博物馆（简称"震旦"）。从某个时期开始，许多日本建筑师都开始了他们在中国的建筑设计历程，对于自学成才的安藤来说，他就如同浸在水中的海绵，吸收着各种他所需要的元素。在这里，他看到了这座城市对水有着一种特殊的情感，后来在他设计的其他作品里，水、天空与蓝色都是能够找到的元素。

　　不止一位朋友曾说起震旦的楼梯，关于这个楼梯的层叠和简约的构造，还有一种解释，因为这里所藏的物件是从地下（墓室）到地上（石窟）的，似乎这个楼梯是让这里的每个物件都可以接收到来自地面的光照，这些物件通过不同的楼层来反映它

们在泥土里的层次，越下层的物件越显得厚重，而越上层的物件越显现出生命的本质光泽。

震旦的瓷器区由三排瓷器组成，这场景有着宏大的气场。从最初的生活用具开始，瓷器便渐渐地向这片土地之外扩展，成为人与人之间相互赠送以及商客之间相互交易的商品之一。伴随着阿拉伯人的骆驼队，瓷器被带到了一片崭新的土地，那片土地上的玻璃等则被带了回来。随之而来的是"China"一词的出现，瓷器又被船只带去了更远的港口，水的波涛也印证了在震旦出现的青花纹瓷器。

在18世纪的欧洲，中国瓷器引发了当时的流行风潮。据说法国的路易十四就无可救药地爱上了来自东方的生活方式，有一个新年他坐在中式的八人大轿上进入凡尔赛，虽然他那身县太爷的装扮在今天看来着实有些滑稽。

不过，路易十四不是最疯狂的，萨克森公国的奥古斯特才是。他用自己的一队骑兵换了48件中国的青花瓷作为收藏，这仅仅是个开始。奥古斯特又有了一个更加大胆的想法,他找来了一个名叫贝特格的炼金师,可怜的贝特格被他软禁起来研制瓷器。终于在1708年1月15日,贝特格烧制出了白瓷,这种白瓷开始在德累斯顿附近的梅森生产,那便是如今知名的瓷器——梅森瓷的故事,梅森瓷厂从那个时候开始没有一天停产过,就算在二战时期也照旧开工。

走在这深灰色墙面环绕的玻璃柱间,似乎每一个玻璃柱内放置的青花瓷器都能讲述一大堆它们那个时代的辉煌过往。从这里望向不远处的黄浦江,江上会有时不时行驶于浦西、浦东两岸的轮渡。借由安藤的设计,这里聚集着这片土地的曾经。记得安藤曾说过:"我最喜欢坐在这里看外滩,因为它是流动的。"

建筑师的敏锐让他可以在自己的作品中呈现多层次的土地产物,也能够将这个场域内外的景物融入新的图景中。这图景中有生动的人、驶过的沙船以及飘扬着的旗帜。对面的外滩又多了一个幸运,我们也是。这一片流动着的黄浦江水,带着这份幸运,肆意地继续向前奔涌着。

作为艺术品的"艺仓"

美术馆 | 艺仓美术馆

📍 上海市浦东新区滨江大道 4777 号

艺仓美术馆在黄浦江的东岸，以前是个存煤的仓库。在城市更新的过程中，它没有像其他的工业建筑那样被拆除用来建设新的楼房。它很幸运地被保留了下来，被改造成一座美术馆。

走进大厅，就能看到原来的煤仓主体。在过去，八个漏斗的结构曾是这个空间绝对的主角，这种设计和场景给现在的人们创造了类似在废墟中欣赏艺术的体验。通过这个空间展示的第一个作品便是时间的艺术,在潮湿的黄浦江边,即使是在内部,水泥与金属之间也会被锈蚀,锈迹随处可见,有的是少许暗红色,有的是成片的黄色。即使是在缝隙之间,也无不呈现着时间的张力。浓重的笔触,在空间里绘制着属于它的图卷。

这里并没有铺满鲜艳的颜色,只有周围植被带来的绿色和黄浦江引入的黄色。这些都存在于室外的空间,而室内单调的颜色给这里所呈现的艺术品留下了足够的舞台,让人的目光更多地聚集于作品本身。热爱建筑的人会被这座建筑本身的结构所吸引,它就是一个最大的艺术品,大方地展露着。交错的管道、梁柱、轻盈的钢架等,如交响乐般流畅,恢宏地呈现工业这个主题。

很奇妙的是,"艺仓"周围的大多数高楼都有一整个光鲜的玻璃外壳,这使得"艺仓"看上去好像有点格格不入。它每一层扎实的房顶都挑出形成了一个外廊,每一层结构裸露,有的竖立平行,有的呈现V字形排列,形成了独有的外立面。每一层外挑形成的空间都随意地稍稍错开，仿佛在呼应着江水的流动。应该把这样的建筑当作古典的雕塑去欣赏，不用穿着华服，光是身体结构的呈现就已经是美的表达了。

黄浦江沿岸的公共空间与"艺仓"融为一体。这里汇聚了许多的建筑语汇，而这些建筑语言又连接着周围的环境，回应着这里过往的历史。曾经缓缓运输煤炭的履带，如今被改造成蜿蜒的坡道，内部钢桁架的结构延伸为一个大楼梯，为同一空间的侧面提供了两种不同的打开方式。

相信会有不少人和我一样喜欢通过那个折返坡道上楼去，即使原本可以通过电梯直接到达想去的楼层。我选择用这种方式去找寻观看黄浦江景色的角度，像观看一幅长长的画卷，慢慢

推开,小心地选取景物,自由地调整想要看到的场景。等到想要的景物渐渐入画,吹过来的风像是随着江水在摆动,树叶也跟着摩擦,水面反射的光变得柔和了。

随着黄浦江流淌着的江水将观望的视觉延伸,其间夹杂着江岸的植被,沿岸的建筑也慢慢地变高变多,最后在远处的陆家嘴那里变得致密起来,那里也是这一片建筑所能到达的最高的地方。一眼望去,眼前的景观就像是自然生长的茂密森林。这里与那里的对比,可以让人们清晰地感触到不远处的繁华,但这里的存在又理性地保持了几分清冷、几分精致,更显得自然。

坐下来喝杯咖啡,各个时期的唱片与唱片边上的字迹点缀在电子霓虹变幻牌的角落中,它们时不时地提醒着来人,这里曾有过的历史亦如这些唱片的内容一样,需要被唤醒,需要被提及,需要被欣赏。

耳畔时不时飘来重重的笛声,船从窗户的一端缓缓地飘向另外一端。声音在强调着画面,把人从日常生活带到另外一个平行时空:路面变成了江面,车辆变成了船只,运动的速度放慢了一点。享受着工业氛围带给人的惬意,不用放大此刻的自己去附和周围喧嚣的环境。

如此工业化的建筑被改造成为人来人往的美术馆,每个保留的细节都在讲述着曾经的故事,肯定着过去工业文明的辉煌。从它的空间里面读到保留的过去,并且努力地望向未来,建筑启发着人们,敞开胸膛拥抱过去的自己,那样会使世界变得更开朗。

（本文作者：胡德鑫）

特别推荐 慢记八

黑暗中，

书是明亮的眼睛，

它张开自由的翅膀，

呵护着沧桑的灵魂。

有个女儿叫钟书

书店 | 钟书阁（松江泰晤士小镇店）

上海市松江区三新北路900弄泰晤士小镇930号

　　在2013年，上海松江区的泰晤士小镇上流传着一个词"最美书店"，在远离市中心的地方有这么一个称得上是世外桃源的地方，真的是一件幸福的事情。一时间，不断有照片和文字出

现在我的周围,这些图片和文字都不约而同地点燃了这间书店的梦想。但是,关于钟书阁的故事,若是只出现在那一年,还是有些可惜的。

钟书阁是个用无数本书堆砌而成的地方。在很多时候,它成了读书人聚梦聚缘的地方。在这梦想和现实之间,钟书阁"复活"了"最美书店"的词眼。这里也被钟书阁的主人金浩称为"梦想之地"诞生的地方。

1995年8月18日,金浩在松江乐都体育场边,开了一家只有60平方米的小书店。这个来自农家的孩子,曾考入师范学校,立志当一名教师,面对面前一双双与自己同样执着于知识和文化的眼睛,他曾想过要做个好老师,但他知道自己不可能成为苏霍姆林斯基。他陷入了迷茫……

　　为了选择一条适合自己的路，金浩离开了学校，喜欢阅读的他最终选择了开书店。他对自己总能下狠手，没有人们认为的留职停薪，他选择了釜底抽薪，彻底地离开了那个他耕耘了16年的教师行业。他没有后路了，只能背水一战。

　　当年的书店名称，包含了他对书籍的热爱，不过，他说，"钟书"是他女儿的名字，他将书店也视作了自己的女儿。在他生命中，从此有了两个重要的孩子，这两个孩子也引发了他新的羁绊。

　　他开始了自己关于"钟书"的梦，那些曾出现在书中的名字，再一次地出现在他的脑海中。牛津宽街上的布莱克威尔书店、剑桥的赫费尔书店，这些个在学者和市民心中举足轻重的名字，让金浩对书店有了新的认识：书店是一座城市精神生活的灯塔，它为城市的人们点亮了心中最为温暖的一束光。

　　金浩想为读书人开办属于他们的书店，他想用心地去做，勤勉地去做，坚韧地去做。摆在他面前的是那些再现实不过的问题：资金和人脉。书店1995年开业第一天的营业额是30元，可金浩还是希望为读者和好书架起一座桥梁。

　　书店不应该只是一个卖书的地方，记得金浩不止一次曾提及这个观点，而钟书阁向每个人展现了他的"书店"之梦。通过空间的多样性，这个梦想得以编织而成，但更为深层次的是场域

辐射,影响了更多的领域:讲述、设计、声音、影像,甚至文本,这是一场关于"最美"的探索之旅。

在这样的一种氛围中,我们可以用自己的感官来体验这个地方。在体验中,有一种新的习惯便慢慢地养成了,它是一种对于书店的认可,这是一个漫长却有益的过程。因为这样的认可是日积月累而来的,不像"网红"店铺一样一阵又一阵地涌现,它更需要书店主人耐心和理性的坚守。

这样的坚守,换来了这个最美书店周围三至五公里(千米)

内的影响力。这种细微的影响是从人与人之间的口口相传开始的，在这个现实的空间温暖地传递着。但是感受温暖的心灵却渴望着另一个精神的空间，现实的空间孕育了虽虚拟却又牵动着人心的地方，这是一种生命的渴望，也是一种灵魂的滋养。在现世的生活里，我们着眼于外在的充盈许久，却忽视了内在的自在。

在如今的互联网时代，很多人会质疑：书店到底可以呈现多少信息？要知道在网络上可以看的东西实在是太多了，多到我们都失去了方向。但不管时代如何变化，人与人之间面对面的交流总是不能被轻而易举地代替的。

从金校长，到金店长，再到金家长，小金变成了现在的老金。激情依旧，用心也依旧。在女儿高一的时候，老金被诊断出得了糖尿病，这时他的家庭已经不再需要担心经济问题，家人劝他减少工作，关注自己的身体。躺在床上的老金向女儿钟书说出了他的不情愿。钟书阁已经成了许多人生活的一部分，老金希望有更多人可以从这个地方受益，像他一样内心平静却丰盈，还有一颗愿意奉献与感恩的心。

女儿钟书明白她父亲老金的执着坚持，她也没曾想自己会在学成归国后加入这个梦想中，成为其中的一分子。"大女儿"遇到了"小女儿"，将梦想继续的事情是多么让人激动，老金现在还是会不时地哼唱起那首自己最喜欢的《从头再来》：

昨天所有的荣誉，已变成遥远的回忆。辛辛苦苦已度过半生，今夜重又走进风雨。我不能随波浮沉，为了我挚爱的亲人。再苦再难也要坚强，只为那些期待眼神。心若在梦就在，天地之间还有真爱。看成败人生豪迈，只不过是从头再来。

守护艺术的独角兽

美术馆 | 上海民生现代美术馆

⚲ 上海市静安区汶水路 210 号静安新业坊 3 号楼

熟悉的环境，熟悉的味道，还有熟悉的人。这里总有一种说不上来的亲切。伴随着这个名字一起在上海走过了它的十年，从一页页积累，到一本本书，再到现在所见的一面面书墙，虽然这里收录的书与很多地方相比也不足为奇，但近一万册书的背后有一个美术馆对艺术文献的最初的梦。

认识民生现代美术馆（简称"民生"），源自一次大胆的冒险，2015 年因为"微阅读·行走"项目，敲

开了这里的大门,于是"人·城市·画"主题、类似现在快闪概念的活动变成了现实。从书籍出发,借由分享者的再理解,这些信息变成了他笔下的12幅作品,呈现在分享会的现场。

当时还在红坊的民生为我们辟出了二楼的一个空间,当四周的墙上挂满了分享者的画作时,我们也完成了从零到一的过程。分享者的画作中有一种从太空俯视的视角,在这样的俯视中,人类居住的城市、田地、河流都变得异常渺小,这就是他脑海中对于《时间简史》这本书里所描绘内容的理解,这也开启了"微阅读·行走"的序幕。

这次尝试让人惊喜,民生为这次活动在一面墙上悬挂了二十多本杂志的封面,其中有些杂志还是民国时期的,他们笑称这是偷懒所致。但这样的现场并不只有分享者的绘画,还能将由书而来的概念直观展现给来人。自此之后,对于书所引发的种种奇妙的可能性,都会让空间和场景产生意想不到的联结。

2016年年末"微阅读·行走"再次来到了民生。在这座原为世博会法国馆建筑的空中花园中,这种由阅读引发的美好再度呈现,这次是用东方的皮影向西方的莎士比亚致敬。在莎士比亚离开我们400年后的今天,当改编自他知名四大悲剧之一《哈姆雷特》的皮影戏再度上演时,这样一种奇妙的联结又一次将书的内容,用一种我们熟悉但又逐渐远去的技艺展示在人们的面前。依稀记得之后的制作皮影活动中,来了两位波士顿的游客，她们知道在这里有一个皮影制作活动，便想来现场感受一下门她们曾在屏幕上看过很多次，却又不曾亲眼见到的技艺。民生成了她们这次旅行中意外的一站。

作为一家与当代艺术有关的美术馆，这里似乎并不只有"网红快餐"式的艺术，更多的是对当代艺术退潮时所保留下来的文化现象、艺术人物、艺术表达的一种思考和沉淀。

从楼道内堆积的一本本书开始，民生慢慢地收集他们所关注的国内当代艺术资料，从与他们有联系的艺术机构开始到他们主动去走访的艺术机构，有些地方今天早已不复存在，仅存在于保留下来的资料里面。在这里，这些展览后的导览图册、相关资料，用另一种方式让人记住展览中的一件件作品和创作这些作品的一位位艺术家们。

这另一种方式又回归到了书册上，当从全国各地被收集而来的书册堆积起来的时候，那句"我们要做一个图书室"早已不是一句玩笑了。从民生的一个小角落开始，这个图书室正在不断地壮大着。

之后在灯光变幻的大玻璃窗内出现了另一番场景，那些原本堆积在地上的书被放置到了书架上，它们被精心地按照不同的类别摆放着，不管是有书号或没有书号的，都被同样地对待，用心地在这里呈现。不过进门处的那座生动的驯鹿雕像显然更会吸引人来一探究竟。不知赠送雕像的艺术家是否也想让玻璃

窗上的三角形灯光变得不再那么孤单。

民生又搬了家，从黄浦江畔的世博园区来到了汶水路，早先的图书室也变成了文献中心，当然原来的驯鹿雕像也被独角兽雕像所替代。"我们会把这里都放满的。"望着又增多的书架，耳畔再度响起了这句话。至少这里已可以让人从另一个角度来探寻一些激流过后留下的东西。艺术应该是可以被人理解的，艺术的本质也许就是单独个体与这个世界强烈撞击后的产物。不管这个产物是好的还是坏的，都是人对这种个体的一种世间认知。

文献中心里的独角兽依旧在，它的右边多了两只猫咪，一只叫"民生"，另一只叫"艺术"，有它们伴着，独角兽不再那么孤单了。

女孩和巴尼熊的故事

咖啡馆 | 巴尼咖啡馆

📍 上海市嘉定区曹安路4811号同嘉大学里绿地大厦一楼

在那句被我们广为传诵的"诗和远方"诞生前，巴尼和它的女孩佳艺就已经把那个我们梦中出现过无数次的"远方"游历了一遍。佳艺曾说过自己还是感谢那个20多岁远走高飞、头也不回的自己。如果不是当初选择离开，就不会有现在的巴尼咖啡馆，更不会有现在这个爱笑的女孩佳艺。

在家乡上海的日子里，佳艺是个郁郁寡欢的女孩，整个大一，她都不怎么爱说话，依靠安眠药和定期的心理治疗才勉强度日，心理医生建议她找一件可以让自己全身心投入的事情去做。

佳艺的父亲给了她一台数码相机，父亲望着她只淡淡地说了一句"人到世界走一圈，总要做一些自己喜欢的事情"，自那以后，她开始接触摄影。摄影改变了她的忧郁，也治愈了她的不自信，更让她有了一技之长。

不久后，她获得了去英国交换的机会，这样的机会让她开阔了自己的眼界，也找到了自己喜欢的专业，继续攻读硕士。在读硕士的日子里，她继续拿着相机和摄像机去街头采访，自己做后期。摄影再次让佳艺变得忙碌起来，她享受其中。

2008年，佳艺在英国读书的最后一个月的某个夜晚，她无意中看了一个视频，视频中的画面打动了她的心，那一夜，她失眠了……受到视频的启发，她找了一份游轮摄影师的工作，在自己硕士毕业的那一天，她飞去了美国的迈阿密，踏上了游轮。

很多人都认为在豪华游轮上的日子会很惬意，每周可以认识很多人,工资也不错,吃住高级,每天都有派对,还能去那些遥远的岛屿和壮美的冰川。但毕竟工作不是生活在电影里,现实是劳累的工作和随之而来的压力,还有不同工种之间的利益分配。

在游轮上的前几个月里,佳艺不认识任何人,也没有任何朋友,她也没有告诉家人自己在做这份工作。当她回忆起自己走进那条普通得不能再普通的游轮通道的情景时,她说自己走了足足5分钟。仿佛走过通道的她在去往一个未知的"新世界",陪伴她的只有一个装着她全部家当的大箱子。

在最初登船的那一刻,她就被告知"迟到了",迎接她的是对工作时间、内容还有注意事项的说明,以及被佳艺称为"麻雀屋"的船舱,当然这一切都隐秘在一扇不起眼的舱门后。

船舱内没有窗户,只有高低铺的小床、床头柜、电视机,还有一张小到只能放上一台笔记本电脑的桌子,在房间的镜子后面则隐藏着一个不到两平方米的洗手间。

接下来的时间里,佳艺开启了自己的海上时光。从一开始的手忙脚乱到之后的游刃有余,从节日夜晚拍摄家庭的"言听计从"到拿着她拍摄的全家福安详地看着大海的老奶奶,游轮上的假期,对于每个人来说都不只是欢声和笑语,这些欢乐背后也都隐藏着每一个人不为人知的小秘密。

只要有船到期上岸,就会有人被开除,游轮上每天都是新人来、旧人去的状态。特别是在团队中唯一关心佳艺的前辈大卫因为醉酒而被开除的那天,炎热无比的加勒比,对她而言,成了一个"冰天雪地"的世界。她鼓起勇气来,冲到老板那里维护那位大卫先生,然而每个地方都有它的生存法则,佳艺失败了。

但她的眼泪激发了另一个来自多米尼加的男孩的故事。男孩每天在船上拖地板,这样日复一日地工作,为了可以有足够的钱迎娶他的女友。这样一个不起眼的男生告诉了佳艺一条海上的规矩:只要收到16个客人的好评,船员就有资格休息一天,同时还能由船员所在部门的负责人在船上最豪华的餐厅请客吃饭。

勤劳乐观的女孩通常都会有好运气。当英格兰一所幼儿园的园长安妮登上游轮的时候,她带着一只叫巴尼的泰迪熊玩偶,巴尼是幼儿园的"旅行大使",它带着孩子们的眼睛看世界。当安妮遇到大大咧咧的中国女孩佳艺,被佳艺的热情所感动,同意留下巴尼熊跟着这个女孩一起开启一段全新的看世界之旅。

接下来的海上时光依旧精彩,佳艺迎来了她期待的那长长的好评,并给自己的摄影部带来了一笔不菲的"小费";她也迎来了另一个中国女孩,她们被船上的人称为"中国公主们"。两个女孩在船上度过了海上的第一个不再"漂泊"的春节,在6个月中的最后一周,佳艺迎来了自己的第16个好评,她所期待的晚餐与告别派对也如约而至,一如她梦想中的样子。其实梦想从来都不曾远去,只不过需要靠自己的双手去一点点实现,才能收获梦想逐渐成真的踏实感。走下游轮的佳艺带着她的巴尼熊,辗转乘了17个小时的飞机,跨越了整个北美,飞越了太平洋,回到了上海。

回到家乡的佳艺依旧我行我素地生活着。她开始了人生的第一次创业,8个女生一起做女性旅行网站,不懂互联网的她们,把线上的产品做成了线下的活动。一年多后,创业失败。

"年轻时用力大胆地去爱,淋漓尽致地受伤,有时有点小绝望也算是美好,经历就是财富。"佳艺现在还是会笑着这么说,因为她深知那次失败让她找到了意想不到的人生方向。

从一家面包房开始,到现在的咖啡馆,她一直在用自己的方式散发自己对世界的理解,帮助更多的人。她眼中要经过49

个人的手才能喝到嘴里的咖啡是个很奇妙的饮品，而巴尼熊也在继续陪着她一路沉淀，一路"跨界"。巴尼在咖啡馆里把世界展现给那些客人，佳艺继续给它换着不同的服饰，并拍照传回英格兰的幼儿园给那些孩子们看，她让巴尼成了咖啡馆的象征，她也兑现了当初对园长安妮的承诺。

抱着巴尼微笑的佳艺，总有一种强烈的、温暖的感染力，因为看过世界的人才知道这个世界有多精彩，而她愿意给每个来到这里的人一个宽容的、温暖的微笑。

有一种生活，叫作"苏州慢"

书店 | 慢书房

📍 江苏省苏州市姑苏区蔡汇河头4号

　　说起苏州，你会想到什么？园林，美食，还是评弹？会不会想到贝聿铭先生所设计的苏州博物馆呢？源自姑苏的贝氏家族早已将这片土地的文化精髓带入了他们的血液中，继而历经近

15代的传承，到了贝先生这一代。晚年的贝先生将目光投回自己的家乡，在各国工作和生活之后，又再次回到了这个童年时光的起始点，同时也给自己的故乡献上一座这样的建筑。

虽然他已离去，但是他设计的那座园林式建筑，依旧可以让人们在这个空间感知他的思维与对家乡文化的自我认知。这座建筑连接着旧时的思土府，但现在的光景早已改变，没有改变的是那种缓慢的时光节奏。各种闲适的词汇都可以与这里的一砖一瓦、一草一木产生一种奇妙的关联。

有一次听王澍先生的讲座，他说自己也喜欢苏州，随便的一街一巷、一角一墙就是随手捏来的"大片"。不曾想一个书房隐没在这中间，在人来人往的熙熙攘攘中，它与闹市的距离仅是一个转角，只要一转身便能跳入另一种状态继续做梦。

知道慢书房是一个偶然，如果不是一位书友的带领，绝不会发现这个去处。这种书友间的"口口相传"在这样一个信息化时代，虽然传统老旧，却也能呈现另一种靠谱与踏实。

极其幸运的我，享受了这样的"口口相传"，由书友陪着一起步入了那个转角，一睹其尊容。那个午后，初春的风显得分外和煦，走过苏式花窗，留下一张合影后，在一条略显拥挤的街道后拐弯进入一个巷子，在一排或潮流或网红装饰的服装店中，有一块木牌高高挂起，慢书房就在眼前了，自然如它的名字，耀眼如想象中的样子。

　　一种说不出的熟悉感,随着这里温柔的黄色灯光涌现出来。灯光的黄色是"家"的颜色,是可以让人心灵安详的颜色,木制的台阶、书架和楼梯,还有那看着就充满灵气的店员,似乎可以治愈"快速行动城市症"患者,这里的书会让人爱不释手,但这样的"爱不释手"并非遥不可及。

　　爱书人,可能都有这样一个癖好:放眼望去将书海全部收入眼底。这是一种对书的贪婪,也是一种对书的依恋。在慢书房,这个癖好被激发而出。这次的偶遇让我收获了董桥的《双城杂笔》。有一年在诚品书店曾看到过他的这套书,当初打动我的是那精美的封面和雅致的书名,慢书房的这套《双城杂笔》是丝绒的封面和封底,是完整的,不像别处是残缺的,于是便义

无反顾地将其收入自己的书橱。这次的偶遇后便与慢书房有了交集。

与慢书房再次相遇是在一年后，拉开挂着风铃的门，我又一次将这里"口口相传"给了我的书友。来得很巧，正值傍晚的晚餐时段，店里似乎在举办活动，这里聚集了一些书友。他们围坐在店内台阶的四周，好像在等待炉边夜话一样，每个人都静悄悄地、不动声色地等待着属于他们的欢愉的周末夜晚。这次反倒是胡乱闯入的我们成了慌乱的"小鹿"，在他们中间穿梭着，继续开启那种寻找书海中精神放纵的肆意时光。

初夏时节，因为喜欢海洋的浪漫，一本《遥远的星辰》进入了我的视野。单这5个字的书名便令人着迷，更何况是波拉尼奥的作品，其自身特质与美洲地域特色早已融汇成一种自我表达的语言，流淌在这并不算厚重的书中，找寻着另一个自我定义的夏日。

现在这本《遥远的星辰》跟着我的一位书友登上了远去的航班，不知道这"星辰"可否陪伴她度过这趟孤单的航行，在高空中的她或许会暂时远离喧嚣的凡尘，略有遗憾的我也依旧期待可以在哪个书店里再次收获一本属于自己的"星辰"。

时间的安排总会让人惊讶于它的独具匠心，在玄武湖畔的先锋诗歌书店里，我再次找到了自己的"星辰"，这是时间将最无用却最丰盈的记忆呈现给我们自己，而书永远是记忆中的那个"星辰"。

找一座流浪的"诗歌"

书店 | 先锋诗歌书店

📍 江苏省南京市玄武区玄武湖梁洲友谊厅

在大多数人的印象中，先锋书店一直是那个大十字架投射下的存在。在那里有一种对书的朝圣，空间早已不单单是一个建筑，而是一种与心灵的对话，与周围的人、事、物进行的气息交

流。看惯了人来人往的喧嚣，总想要寻找一处静谧的去处，好在心里偶尔会发慌的时候，缓一缓情绪。

玄武湖畔有一个并不知名的岛屿。迎着初夏的已有些闷热的风，一路步履匆匆地走着，每次来南京总有一种要来寻寻这个六朝古都的意味，这样的意味可能就淹没于眼前的这湖水之中。听说这家"先锋"是一个偶然，这两个字成了书友心中最值得提及的一个名词。

而这个名词背后有一个老钱的存在，他总喜欢带着黑框的眼镜，穿着简单的单色衣服，眼神柔和却有股坚毅和笃定。可能这样的坚毅和笃定是因为他将书作为一门手艺，手艺人总是坚持的，因为手艺绝非是一朝一夕能练就的，而是日积月累的造就。从1996年开始，先锋书店这门手艺就在老钱的手里开始了，一路过来走了二十几个年头，他依旧痴迷于书，只不过这种痴迷成了一张名片，让更多人走近他，和他一起痴迷。

这一痴迷使先锋书店从一个孩子成长为一个青年，老钱也从一个书痴，变成了一个沉浸在自己海量的藏书里，不断地把藏书拿起、擦拭、整理的书的手艺人。可能看书的人都自带一种气质，在这个被莲花包围着的不知名却又曾经吸引那些东渡日本求学归来的学子们聚会的岛屿，总会有一种气质，这两种不同年代的气质在这里相汇，成了一个可以隔岸观望都会喧嚣琐碎的世外桃源。就在这世外桃源的湖边有一幢小屋，略呈现白色，小屋旁是娇艳的鲜花,虽叫不上名字,却添了几分韵味。

　　走进屋内,抬头便是翻开的书形吊灯,一盏、两盏、三盏、四盏、五盏……黑暗中,书是明亮的眼睛,它张开自由的翅膀,呵护着沧桑的灵魂。老钱曾说过:"书是我的知己,是我黑暗中的父亲。"人生不能总是如意,万般自在,肉身凡胎,只求得在书的庇护下自在一时,它清洗着我们遭受的伤痕与挣扎,虽只是时光长河中的渺小一瞬间。

　　店里很安静,有个摆放复古家具的书房角落。通透的书房里,光线直直地投射进来,深棕色的木书架把时光拉回到了另一个年代。窗下的老旧沙发提醒着来人,这里的来访者曾经是那么不一般。抬头瞥见不远处的草坪上孩童奔跑的身影,像是一首流动的诗歌。

　　继续在屋内转了个弯,来到右手边的书架,琳琅满目的书,每一本都是关于诗歌的,每一册都是一个诗人,每一句都是诗句。在这里可以贪婪地找寻任何与诗歌有关联的书籍,从左到右,从上到下。

　　在这里,我再次遇到了那本《遥远的星辰》,那星辰已伴随着朋友去向远方,我的又一本"星辰"却在玄武湖畔等我。正在暗自窃喜中,一个身影飘了过来,是这里的店员魏子,她的加入让原本窃喜的我有了个分享的人,从店内那本和田诚与村上春树合著的《爵士群像》开始,我们闲聊了起来。好的书店店员

也是爱书、看书、惜书的,她的存在让这里有了另一种感性的环绕,这是一种特质与灵魂的环绕,在这个湖畔的不起眼的诗歌驻扎地。

魏子说她们中很多人家里的书都堆不下了,从卧室直接放到了客厅,因为这些书,家人也常常抱怨。在常人看来,这些平时不会看的书是要收起来的,可万一哪天需要看一看,便能"随心而阅"了。

因为这样的"随心而阅",魏子与我都心照不宣地笑了出来。拿着手中的这本"星辰",翻开第一页,在罗贝托·波拉尼奥的名字下,印上先锋诗歌书店的印章,黑色的印迹将苍白的书页点缀成了书中的一片星辰。似乎在这个午后,波拉尼奥正坐在书房的那张沙发上,吟诵着他刚写的诗句,波光粼粼的湖面应和着他。在这里,诗歌有了一个家,它不再流浪。我们也有了一个家,因为书的手艺人在这里。

附录：文化地图①

① 本部分地图经过简化和艺术化加工，道路名称并未完全展示，地图比例并
非完全精确，仅供参考。

一片叶子的异世界，
茶书房里的天地
淮海中路1390弄2A

桂花树下的流光漫影
五原路250号

三只老鼠的故事
武康路232号

弄堂里的JZ
武康路280弄12号

无用的1984
湖南路11号

理想的阳光院子
高安路3号甲

都市市集的生命体
衡山路880号

慢记二

慢记三

红砖楼里的“自然之美”
圆明园路115号
101-103、201-203单元
三代人的“东海”
滇池路110号
第一百货里的光之海
南京东路830号
第一百货商业中心A馆8F
今日，只谈风月
汉口路309号
申报馆1楼A1-03
“文创里”：流动的集市摊
中山东二路600号
BFC外滩金融中心北区B1、B2
南苏州路
圆明园路
北京东路
滇池路
四川中路
南京东路
河南中路
汉口路
福建中路
湖北路
中山东一路
黄浦江
延安东路
西藏中路
河南南路
人民路
东门路
复兴东路

慢记四

我们的常德"三分钟"
常德路195-3号常德公寓底商

隐藏在闹市的伊甸园
愚园路1280弄45号

忘不了那一笔"市井"味
愚园路650号

钟书阁的"镜厅"
南京西路1601号
芮欧百货4层

这个买手，不太冷
愚园路1284号

近在眼前的"远方"
江苏路876号费冠商务中心3号楼201

西藏路
铜仁路
武定西路
南京西路
愚园路
江苏路
延安西路
镇宁路
长乐路
华山路
定西路
乌鲁木齐中路
复兴西路

慢记五

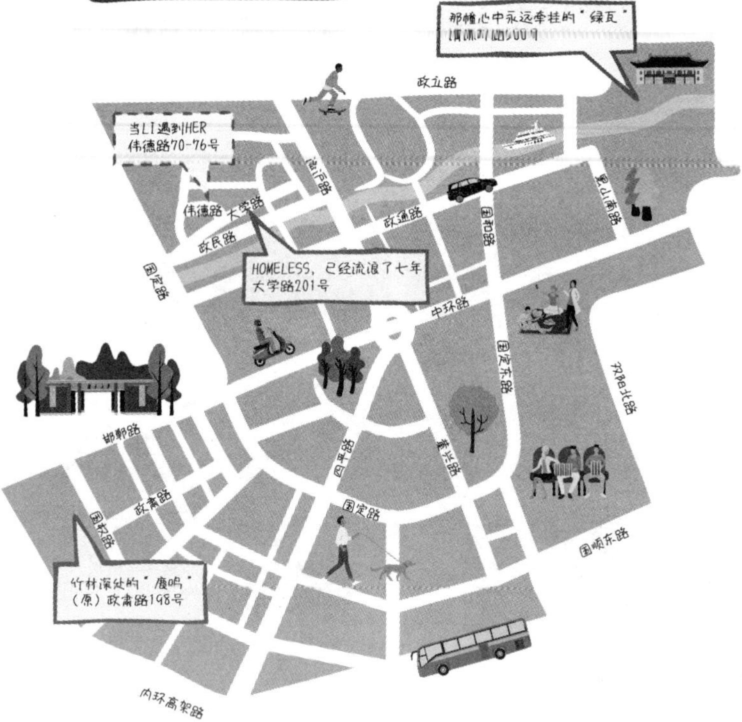

那幢心中永远牵挂的“绿瓦”
政立路
当LI遇到HER
伟德路70-76号
淞沪路
伟德路
大学路
政通路
国和路
政民路
国定路
HOMELESS，已经流浪了七年
大学路201号
中环路
国定东路
双阳北路
邯郸路
四平路
黄兴路
国定路
政肃路
国权路
竹林深处的“鹿鸣”
（原）政肃路198号
国顺东路
内环高架路

玛赫告诉我们的事
巨鹿路677号

延安中路

巨鹿路

延安东路

长乐路上的经常"快乐"
长乐路508号

长乐路

陕西北路

陕西南路

言几又的湖滨时光
湖滨路150号湖滨道购物中心B1

淮海中路

太仓路

南北高架路

兴业路

湖滨路

西藏南路

复兴中路

"钰"一个上海给大家看
兴业路123弄2-3号楼一楼

慢记六

南北高架路

马当路

重庆南路

肇周路

复兴中路

"靓爷"的生活哲学
肇周路80号

徐家汇路

在"白马"喝一杯咖啡
长阳路67号

"建投"的那一片江景
公平路18号8号楼嘉昱大厦一层

在安藤的座位上，看流动的外滩
富城路99号副楼

作为艺术品的"艺仓"
滨江大道4777号

水和天空变幻的油罐
龙腾大道2380号

慢记七

后记
和我们在上海的街头走一走

最初的设想，是做一本聚焦书店的小书，初衷很简单，想要给读者朋友们介绍一些书店，一些书店人。

经常逛街的朋友们应该也会有同样的发现，在这几年里，城市中开起了很多书店，它们或是成为热闹的大商场里一处安静、可供小憩的场所，或是藏在某条不知名的小路上，与咖啡、文创等为伴。书店界的"网红"是不少的，最初代"网红"钟书阁在几个月前因为其都江堰新店的通天书塔和旋转楼梯而火遍抖音，言几又、西西弗、大隐书局等一批主打氛围和设计的大型连锁实体书店纷纷开进了各大商场，"好看的书店"逐渐成为人们生活的一部分，人们也习惯了这样一种生活方式：周末带上孩子在商场里吃个饭，然后在书店里一起读读书、喝喝咖啡，悠闲的时光可以这样度过。

当书店、城市与人相遇，便混合出一种奇妙的、迷人的气味——书香，说起书香，我们时常会想到另一个词汇"阅读"。

这几年有一本叫《如何阅读一本书》的书很受欢迎,畅销的背后是人们对于提升阅读品位、提高阅读技巧的渴求。而实际上,阅读的对象并不局限于书本,近年来与泡书店一起火起来的还有一种生活方式——城市行走。说到这儿,就不得不提本书另一位作者——张莹。多年来,她一直致力于做"微阅读·行走"项目,这个项目便是通过带大家拜访一些城市里富有文化内涵的建筑或空间,逛一逛那些有意思的、有意义的路或巷来"阅读"建筑,"阅读"城市的。

城市是可以被阅读的,一旦这个观点成立,我们便能够以更广阔的视野去重新认识我们早已熟悉的城市。街巷也是可以被阅读的,每一家不起眼的小店、每一处景观里也许都别有洞天,也许都包含了一座城的精华。这样一比较,最初的设想就显得有些局限了。于是,和张莹商量后决定,还是做一本关于城市阅读的书吧,书店应当是城市阅读很重要的场所,但不是全部。也正因为如此,在这本书中,我们除了介绍书店,还介绍了咖啡厅、理发店、买手店、乐器店等各式各样零星散落在城市的空间。它们或是充满浪漫气息的,或是很接地气的,却都以自身的独特姿态绽放在城市的各个角落,点缀着这座城。哦,应该说,正是它们,组成了这座城。

当然,如果说城市是一个生命体,那这本书中提到的这些空间只是千千万万个细胞中最为渺小的一部分。它们很渺小,更新也很快,一瞬间也许就消失了。选择将它们收录在书中,或

许并不能反映城市的全貌,但它们各具特色。因为其中的一部
分恰好离得并不远,我们将收录的这些空间按地域做了分章,并
绘制了行走地图;而又因为另一部分分散在上海的各个角落,
甚至坐落在苏州、南京,因此又单辟"特别推荐"一章,作为补
充。如此一来,读者朋友读了这本小书,便可以轻轻松松按图索
骥。毕竟我们的主题是"行走中的阅读",要走起来,才能发现
车水马龙的都会表皮下的另一番风景。

做这本小书,并没有什么雄心,只是希望可以让读者朋友
好好地看一下城市。小书虽小,为了让它呈现的内容更精准、更
深入,我们还是花了很多工夫收集素材,在此要感谢钟书实业有
限公司的副总经理贾晓净先生、言几又CEO兼联合创始人但捷
先生等为我们提供了关于书店的详尽资料,感谢胡德鑫拍摄的
精美照片,为这本书添色不少,感谢陈智琦为这本书绘制了实用
且"靠谱"的行走地图。最后,当然是要感谢张莹的全情投入
和付出,书中这些有意思的城市风景都采风自她主持的"微阅
读·行走"项目,在与她多年的交往中,我也学到了很多。

希望这本书只是一切的开始,希望有更多的朋友加入我们,
用心去发现这座城市中蕴藏的小细节和小心思,用心去感受这座
城市的气质和品质。迈开脚步吧,和我们在上海的街头走一走!

樊诗颖

2020 年 12 月 15 日